肖创彬　著

原野来风

人民东方出版传媒
People's Oriental Publishing & Media
东方出版社
The Oriental Press

图书在版编目（CIP）数据

原野来风 / 肖创彬 著 . — 北京：东方出版社，2022.10
ISBN 978-7-5207-2978-9

Ⅰ . ①原… Ⅱ . ①肖… Ⅲ . ①散文集－中国－当代 Ⅳ . ① I267

中国版本图书馆 CIP 数据核字（2022）第 165726 号

原野来风

（YUANYE LAI FENG）

作　　　者：	肖创彬
策　　　划：	张永俊
责任编辑：	张永俊
责任审校：	金学勇
出　　　版：	东方出版社
发　　　行：	人民东方出版传媒有限公司
地　　　址：	北京市东城区朝阳门内大街 166 号
邮　　　编：	100010
印　　　刷：	北京文昌阁彩色印刷有限责任公司
版　　　次：	2022 年 10 月第 1 版
印　　　次：	2022 年 10 月第 1 次印刷
开　　　本：	880 毫米 ×1230 毫米　1/32
印　　　张：	8
字　　　数：	118 千字
书　　　号：	ISBN 978-7-5207-2978-9
定　　　价：	48.00 元
发行电话：	（010）85924663　85924644　85924641

序

散文是一种心灵的对话：对自己，对读者，对世界，对天地。这对话最在意的，便是"真"。

在这本"人间至味"中，处处有真情流淌。

"人间至味"是什么呢？当然是"清欢"。身处繁忙都市的我们，对这些流逝在指缝中的小小的美好，已经难得去品味，而肖创彬先生作为一位法律工作者，他的日常，是每天面对人间的大是大非，甚至是罪恶与丑陋，他能做到在专业上非常优秀，想必是付出了极大心血又相当自律的人。他的工作要求他比普通人更理性、客观。但从他的文字中，却看到了另一个真实真切的湘湘男子：纯真、平和、含蓄、诚恳、细腻……一切都是淡淡的，一切却有滋味。猜想肖先生是敬慕散文大家汪曾祺的，因他的笔触亦有着那种抒情的、纯粹又家常的味道。只是他更"淡"，更少些抒情，他只负责把细碎的小事描绘出来，至于感受，读的人自己去体会吧。所以说，他的美好，是藏着的，你去发现后，便多一层惊喜！

一是"慢"。你敢让自己的生活慢一点，再慢一点吗？"十月的太阳偏斜得早，小院的东边已大部被阴影覆盖，葡萄架下的长条椅正是阅读的好去处，端了茶杯，拿上书，院子里坐定。秋风阵阵，不温不凉，正好驱赶三两只执着的花蚊。物我两忘间，天色渐暗，有归巢的宿鸟掠过，惊觉时间流逝得真快，也为这无期无扰无为的一天而快慰。"而另有"多年来，我也尝试过用排骨、用筒子骨、用猪脚替代龙骨煨莲藕，同样的方法炮制，味道就是无法与龙骨煨的汤相比"。你能想象一个男人在职场官场勠力劳顿之余，却是在为一罐藕汤而潜心投入，同时又用文字品味这过程吗？有人说"把生命浪费在美好的事物上"，也就不过如此吧。

二是"情"。万物有情，在肖先生的文章里，你可以看出许多和"家乡"有关的情和事，老菜，街巷，美景，"这有湖心岛，但肯定不是婺源。有塔，但也不是西湖啊，西湖的雷峰塔是建在高处的。我得意地说，没见过吧，猜不着的，这是我的老家'三湖连江'"。见字如人，有机会见到肖院，定在湖边，散漫地聊些闲事，然后喝点米酒，吃一小桌美味，这是何等惬意！

三是"思"。我看到的最动人的一篇，是他捡回的一只鹦鹉，在豢养数日后终破笼飞走的小故事。"在排除人为因素后，我无法找到其他的解释，不甘心地持续将鸟笼挂在原处一个多月，侥幸地期待着小鹦鹉会在受饥挨饿时归来觅食，就像它当初自寻上门一样，但终是未见踪影。""因有过人工驯养的经历，所以才有了自寻上门乞安之偶然；因本能的唤醒，所以才有了出逃之必然。并没有什么神谕，但仍能引发思索：本能是无法扼杀的，自由才是终极追求！"因思索而智慧，因妙想而顿悟。如此生活，处处禅意。

汪曾祺先生说过："一定要爱着点什么，恰似草木对光阴的钟情。"愿您和我一样，静心细读，悦纳每一寸光阴。

李潘

（李潘，文学博士，中央广播电视总台社教中心《读书》栏目主持人、制片人）

目 录

辑五　故园幽思

辑一　人在旅途

草原印象

八月末，瞅着空闲，去了趟呼伦贝尔。这次是去"补课"的，七天来回，将呼伦贝尔南北东西转了个遍，感觉真不错，印象最深刻的是蓝天、白云、草原、牧马、牛羊群，以及那里的稀树草原、北方特有的白桦林……

蓝天、白云

初到呼伦贝尔，让人感到震撼的首先是蓝天和白云。天，淡蓝、素净，像洗过一样，这是儿时才见过的天；而云，近处的，低得就像悬浮于你的头顶，远处的，则挤叠、推搡在地平线处，放眼望，你会觉得不费工夫就可以赶过去与云相拥。这可是别处找不到的视觉效应。我们不禁感慨，在大气污染十分严重的今天，大草原终是难得地保住了一方净空。一连拍了十几张云天发到微信朋友圈，赢得点赞一片。

听说草原的云变化莫测，尤其在八九月这天气变化无常的季节，云的变化更是诡异奇谲。没有时间也没有机会坐等云的变化，倒是见证过阵雨前后及大晴天云的炫丽。那是去室韦的路上，一会儿乌云翻腾雨雾迷蒙，一会儿雨停风歇雾散云白，仅仅是一会儿的工夫，造物主随意在天宇间给你来了个泼墨写意而不着痕迹；大晴天的云虽然常见，但留意起来也特别有意思。那是去阿尔山的那天，起得早，有好几百公里要走，早晨七点半出发到十点半，天上不见一丝云彩，只觉旷野有边蓝天似盖，这时候，"天似穹庐，笼盖四野"的意境你才算真的领略到。十点四十许，天边才有画师在打底色，淡淡地抹上两三笔赭黄、淡红。大约十分钟后，底色渐浓，层次依稀。十一时许，天边开始描起一朵、两朵白云，似龙、似兔？慢慢地，小动物多了起来，并且向你游弋而来，再不经意间，天空已爬满云朵，像各种海底生物，浮游于蓝色的大海之中，有的像巨大的海蜇，有的似蝠鲼，有的似海龟，有的像跃动的海豹群，有的像集体潜水捕鱼的企鹅群……你尽可展开想象的翅膀与戏物同游……

真是一个出彩的云天！

草原

看草，是到草原来的最大愿望。前年到鄂尔多斯看草，结果大失所望，今年的呼伦贝尔会给我怎样的惊喜或失望呢？这是出发途中不断纠缠的心结。

到海拉尔的第二天，我们就开始了如期的草原之旅。早晨七点半出发，第一站是额尔古纳河（据说是内蒙人的母亲河），刚出门，司机兼导游就开始大煞风景地介绍：这个时候来看草，季节上稍晚了点，大部分草都割了，没割的，草巅已开始发黄。我心里一阵疑惑与不快：大前天还收到内蒙古的同学发来的微信图片，说是呼伦贝尔下雪了，图片上确实雪迹斑驳，但草还是茂盛的，当时还快意于胡地八月飞雪的奇观会被我们撞见，没想到雪没见着草也衰了。

好在刚突出城市的钢筋水泥围栏，闯入眼帘的便是绵延起伏、无际无尽的绿。草确实割了，但割后的草地平整整的，像巨大无边的地毯，天气晴好，云朵投下阴影的地方是翠绿的，太阳直射的地块则是泛着金光的黄绿色，巨大的地毯就由这两种色调无缝间花拼接，不断向前、向远处延伸……我心豁然，没能见到"风吹草低见牛羊"的景象，这样的草地景观也不赖啊。

到了额尔古纳河，蒙古包多了起来，骑马游猎的场地也集中起来，大概是专为游客设计准备的，显著的特征是这里还多了一个敖包，显然已丧失其原有功能，成了供人凭吊、发思古幽情的场所。大概时间算早，游客还不多，一溜人绕着额尔古纳河照相，也有几个骑马的，而我的注意力却在公路背面的山坡。

说是山坡，只是起伏小丘的一段，登坡极目望去，绵延不绝。原以为草原是一马平川的，到了呼伦贝尔才知道，草原也是高低起伏、平原丘冈相间的。丘冈上最吸引我的是密密散落其间的草垛，这是在外国摄影照片上才见过的场景，广袤平整泛着金光的地毯上，草垛拉长着身影沐浴在八月末清亮的晨光中，似美人出浴，有种无以言说的美。极目远眺，草垛由稀而密，犹如赶集的人群，又如古战场上的士兵。我们兴奋地上蹿下跳地拍照，感叹着，这电脑桌面上才得见的图案，呼伦贝尔也有啊。真的不错，微信上朋友点赞回应了：桌面上的东东啊！

沿途的风景多是如此，偶尔还会出现一片花海，叫不出名的，可谓美不胜收，我们会时不时叫停司机下车拍照……

但在某天驶向阿尔山的途中，感觉草地明显退化了，有的地方已露出沙土。也难为这草地，过去是野火烧不尽，烧了，就相当于施了一次肥，没烧的经过一个冬季烂在地里也是肥，加之牛羊粪，草原实现着古老的营养自然循环与平衡。而如今，不但草是年年割，连牛粪、马粪、羊粪都捡光了，只有索取，没有回馈，不退化才怪。听说草原退化问题已引起专家重视并已着手治理，但我思忖，要不控制过度放牧、不适当"抛荒"，退化问题终究是难以控制的，毕竟，地力有限啊，控制不好，美丽的大草原将风光不再，草原变荒漠的悲剧还会重演！

牛群、羊群、牧马

　　辽阔的大草原上，牛羊群不像想象中的多见，应该是受资源限制吧，通常车行几十公里才可看到牛群、羊群或牛羊混合群。牛群漂亮、松散，多是奶牛，黑白或黄白相间的，总是优哉游哉地踱步、吃草，像开局的围棋子，星星点点散落在广袤的原野、高坡；羊群铁定群居，动辄上千头，蔚为壮观，通常山羊、绵羊混养，灰不溜秋的，似乎总不安分，总在跃动，总在追逐水草抑或过往的车辆；马群则很难见，多是圈养在景点，供游客骑玩。现代交通工具发达的今天，马作为草原主要交通工具的功能已大打折扣，虽然也有骑马放牧的，但似乎骑摩托车的更多，也有条件好的开着小车放牧了。偶尔在原野中见到单匹的吃草的马，一定是拴着绳子的，应该是牧民骑出来牧羊的马了。

稀树草原

呼伦贝尔地域辽阔，纵横均达数百公里，面积应当比我国中部、东部任何一个省份都要大，在北往莫尔道嘎、南往阿尔山方向各几百公里的路上，你会看到草原向森林的过渡带，这是完全不同于森林或草原的景观，学名大概叫稀树草原吧。

从海拉尔出发，往北或往南车行几个小时后，你会发现辽阔的草原上突然冒出一株两株树来，孤独地站成风景，再往前，三株五株的多了起来，再往前，有站成排的、挤成簇的，很像小队卫兵从远处的坡地下来，再往前，排、簇集合，远近参差，似成"建制"了，不久，树木取代了草地覆盖了整个原野。

很怜惜那孤单的独株的树木，广袤的大地上无依无伴，烈日下独自煎烤，风雪中独自飘摇，需要多么大的力量多么大的勇气才能独自坚韧地站成永恒！

孤独的树是美的，美得大气也美得凄凉！

很艳羡那三株五株傍生的树木，在广阔的天地间相依相伴，严寒中相互撑扶，酷暑中相互遮挡，苦辣酸甜不离不弃，站出了温暖，也站出了风情。

稀树草原风景之美，美就美在意境，美在三两株树的点缀，一簇、一丛树的烘托。

白桦林

北方酷寒，树种相对单一，常见的树木通常是松树与小白杨，而比较少见的白桦树则是北方最具特色的树种了，不仅长得漂亮，用途还极其广泛。

在横贯南北东西的草原之旅中，经常会穿越山林，这里是大兴安岭山脉的延伸地带，林地并不少见。林木依然是松树为主，偶尔会出现让你眼睛一亮、精神一振的独特林带，那一定是白桦林了，齐刷刷地行着注目礼却透溢着俊秀之气。白桦树以秀美扬名，白色的树皮犹如少女白皙的皮肤，修长的主干犹如少女曼妙的身姿，冠幅不大的树冠恰似少女满头的秀发，而树干上遍布的树疖又似少女多情的眼睛，走进白桦林，你犹如走进了少女群，心动神怡，不忍卒离。其实，更能凸显白桦树女性特质的环境是樟子松与白桦树的混交林，这种混搭风格在莫尔道嘎原始森林得到充分体现。莫尔道嘎是典型的松桦混生林，说是原始森林，树木并不大，松树大的也就30公分口径，白桦则更小，大的碗口粗，小的才拇指般大，两种树均匀混生，远处看，松树总要高出白桦尺许，恰似中年男子携美少妇，松树老成持重满目疮痍，白桦纤柔秀美婀娜多情，混搭的陪衬给沉郁的松林平添不少生气。

白桦用途广泛，极具经济价值。树汁是保健品，可入药；木材可作建筑材料或制作器具；而白桦皮本身也是一味中药，还因其光洁防雨，过去多用来钉制木板房，现在在牧区还可以见到少许用白桦皮钉成的木板房，莫尔道嘎景区内也见过。

*　　　*　　　*

对草原的向往，最早是缘于《敕勒歌》的渲染，缘于《骏马奔腾》歌曲的雄浑与奔放，但真正撩起我去看一看的强烈愿望的还是内蒙古同学对自己家乡的神吹乱侃：骏马肥羊、雄鹰流云、奶酪酥茶、马头琴、手把肉……

八月燠热，心浮气躁，什么事也干不了，多数公职人员选择这个季节休假，我也有此打算。恰好内蒙古的同学这段时间在微信上狂发呼伦贝尔胜景，打电话过去探询：呼伦贝尔真有宣传的那么好吗？同学回话：真不错！

结果是：不虚此行！

草原的确很美，美在蓝天，美在流云，美在草地丘冈，美在树木丛林，然所记几乎未涉具体景点，并非景点不美，也不想违心地说景点很美（即使很美，也会因为人声嘈杂而大打折扣）。所谓景点，也是人为选定的地方，可能具有一定代表性，但也不排除其局限性，因为既然是人为选定，就必然受选者自身学识水平、审美趣味、个人偏好以及遴选者游历所及的影响，正所谓"世之奇伟、瑰怪、非常之观，常在于险远，而人之所罕至焉"，选者难免会失之偏颇。

一路走来，感慨良多，最大的感受是：草原的风景在路上！人生也如此，"景点"似乎是我们必去的地方，好比工作，但不一

定是最称心、惬意的地方，去过了、体验了，何必纠结它美不美

呢？毕竟，最美的风景在旅途，珍惜过往、虔心当下，以唯美的

心去感知这个不乏美的世界与人生，收获的一定是好心情！

苏浙旅趣

　　酷爱旅游的我，这么些年也跑了不少地方，但偏偏是有"人间天堂"之称的苏杭却一直无缘造访。最近，因有朋友到浙江台州挂职，几个"死党"相约抽空一起去探望一下朋友，苏浙之旅终于成行，而此行中，我心中的主要目的地则是苏杭。

　　周四（十二月十三日）下午两点多，我们一行六人乘坐商务车从通城出发，四点多就经过九江，六点多到了景德镇，一路感叹交通的发达和便利，一路策划着经由哪些地方，停靠哪些地方，看着是吃饭的点了，便于景德镇停靠吃饭，七点多又继续上路了。擦过黄山市，就是杭州境内的衢州市了，哪儿停歇就寝是下一个话题。当晚要赶到台州并不会太晚，但因天下雨又并不急着赶时间，何处歇脚于我们是可以十分机动的事情，而途经的金华又是没去过的，有感于金华火腿的名气，我提议在金华停靠就寝，大家一致同意。

但当晚的金华被雨雾笼罩，哪儿也没去转。

金华、台州

第二天，大家都起得很早，在旅店用完早餐，便下楼随便转转，感觉金华是个很大气的中等城市，高楼林立，布局开阔，现代气息很浓。因中午约好在台州与朋友见面，此地不宜久留，随便照了两张相，便开着车绕城一圈，浏览一下城市概貌就接着上路了。

中午十一点多到达台州的椒江区，朋友早已在预订好的宾馆迎候，新朋旧友会聚一堂相谈甚欢。席间，朋友热情挽留在台州过夜，刘姐碍于情面似有些犹豫不决，我则有私心，觉得台州没什么名气，似乎也没什么好玩的，将时间多留点儿到苏杭更划算，于是我便比较坚决地谢绝了，当然，理由是有其他要紧事。

绍兴

下午两点多从椒江出发，直奔杭州方向，近四点即进入绍兴地界，古老的历史文化名城立刻引起了我的兴趣，鲁迅故里、百草园、三味书屋、孔乙己、乌篷船等众多影像跃入脑海，而沿途出现的恩来故里、兰亭、会稽山等指路牌是一串串先前未知属地的名胜，更是撩起了我的兴致。揣测省会城市住宿费用肯定昂贵，此处如此有名而距离杭州又近，我提议当晚就在绍兴下榻，恰好绍兴又是大家都未来过的，大家兴致盎然地表示赞同。

第一站选择的是兰亭，为的是照个相给学书法的儿子瞧瞧，老爸来过《兰亭序》的诞生地了！偏偏路况复杂，导航又不争气，走岔了两次，看看时间不早，当机立断：放弃兰亭赶赴鲁迅故里。

　　到达鲁迅故居已是下午四点多，天时缓时急地飘着冷雨，游客已渐散去。刚泊下车，便有一群戴着油毡帽的车夫围了过来，形象酷似鲁迅笔下的阿Q，操着绍兴普通话，自荐要当车夫兼导游，门票还可以优惠。瞧着这几个似从书中走来的车夫，兀自觉得有些好笑又好玩，看着飘着冷雨的天，时候又不早了，我们决定过过坐黄包车的瘾，以每人一百元的包干价租了三台人力车，任由车夫"导游"。

　　绕过繁华的街道，插入弯弯曲曲的石板小巷，古朴的味道一下扑面而来，小巷宽不足两米，仅可容下两辆黄包车，但车夫丝毫没有减速的意思，遇到行人或电瓶车，也能急刹晃过，可见，这里一直也是他们"横行"的天地。

　　百草园保存完好，有光滑的石井栏、碧绿的菜畦、高高的皂荚树，"紫色的桑椹"，只是菜畦周围的篱笆被围墙取代后，少了许多自然的野趣，而石井栏与儿时想见的差距太大了：家乡的石井大多高高阔阔的，不似这般小巧，完全想象不出鲁迅儿时井旁观蛙的情景。后来看了拙政园的水井也是这样，方才明白江浙一带的水井与两湖一带的是多么不同。三味书屋以塑像的形式再现了当年鲁迅读书的场景，还算逼真。鲁迅家人的居室、少年闰土的住处都来不及细看和考究——已经到了下班的点，工作人员催得紧，只能走马观花一扫而过。

车夫们还算诚信，接下来又踩着车带我们看了几个地方，说是拍了什么片子的大有来头的遗址，但我的思维似乎还停留在对鲁迅故居的回味中，对此已经不大在意了。

晚上本是打算在咸亨酒店用餐，细细体味一把孔乙己老夫子咸亨用餐的情境的，但车夫反复提醒我们吃过的多后悔，而眼前的咸亨酒店也实在太阔气了点，似乎也无法还原脑海中的酒店氛围，只好悻悻地选择车夫推荐的农庄用餐了。

晚餐后的绍兴古镇笼罩在烟雨之中，再现了悠久的古朴与静谧。我们兴致未减，决定再绕小街、水巷走一走，感受一下古镇的悠远与沉淀。一路少话，我们静静寻觅着、体味着隔世的氛围，心境被涤荡着、净化着……

不过个把钟头的时间，我们就由静穆走向了喧嚣，绍兴已被繁华包裹，商业的侵扰无处不在。我们不由得再生感慨，感谢鲁迅这位伟大的文人，因了他的名气，得以保存下围绕其故居的这么一方净土，给后人留下一小片珍贵的感怀空间。

时间尚早，再留绍兴已无多大意义，大家临时改变主意，决定充分利用时间，赶到杭州歇息。一路上，大家商议着来日的行程。一行六人中间，四个都是游过杭州的，而刘姐则游过四五次，再陪着游玩无异于受罪，于是我提出兵分两路，来过的一路去海宁看看皮草，看能不能捡着便宜，我则争取花上半天的时间游览一下西湖。大家虽然客套着要陪游，但在我的坚持下也都同意了兵分两路的意见。

西湖

第三天早晨，天骤然就晴了。除了我以外，大家都起得较晚，连日的奔波大概都有些疲惫，我则是"程咬金"，再晚再累，早晨也照样早起。吃罢早点，大家按计划分头行动，我这边有通城籍的朋友提供了小车，也是三人同行。刘姐叮嘱，皮草代我挑选好，争取早点过海宁碰头。我则开始了西湖逍遥游。

进入景区，便觉风景秀美宜人，环湖坡地植被丰茂、溪水缠绕，初冬气息浸染下的层林色彩斑斓，有入画廊之感。

西湖之灵隐寺

按照大家的建议，第一站游的是灵隐寺。进得寺门，迎面而来的是飞来峰，说是峰，其实不高。说飞来，肯定是有些说法有些掌故的。记得小时候看过飞来峰的传说，现在是一点儿也记不得了。我揣度，大约是因为此峰上多佛雕、佛龛，类似四川的乐山，故想象飞扬其由乐山飞来，并杜撰故事以圆之。飞来峰对面即是灵隐寺了。灵隐寺是济公和尚第一次出家的地方，寺庙倚山而建，五重佛殿依山傍势，依次递进，气势宏伟。古木翠竹参差环绕，曲径通幽。游人香客顶礼膜拜，络绎不绝。同事于入寺前带入的五炷香，我分而供奉于五座佛堂前，聊表虔诚。出了佛堂，五百罗汉殿也转了一圈，据说每个罗汉均由一吨纯铜铸造，个个惟妙惟肖，与归元寺比，只是少了数罗汉的说法或讲究。

西湖之雷锋塔

第二站是雷峰塔，雷峰夕照是西湖的十大胜景之一，去的时候是上午，自然领略不到夕照的风采了，但塔是一定要登一登的。眼前的雷峰塔外观虽然仿古，但已经是纯钢筋水泥结构的了，塔高八层，塔围应该比原塔增加了不少，因为入得塔内，只见塔中央用玻璃幕墙圈起了一圈，而圈起的正是原塔的塔基基座。塔内装有观光电梯直通塔顶，每层则有雷峰塔历史变迁、故事传说的图片资料介绍。我是不会坐电梯的，源自内心的反感：现代交通工具移植于这仿古塔里面的做派不仅仅是不协调，我最不明白的是"电梯们"游的是什么，感受的是什么？没有一点文化内涵的游简直是对文化的糟践。

塔内的古朴气息虽然荡然无存，但登得高楼，一览西湖胜景，也是心旷神怡。雷峰塔是西湖的最高处，登上塔顶，整个西湖全貌跃入眼底。塔楼上多角度地拍了一些照片，也算是对寻觅遗憾的一种补偿。

西湖之美食

　　从雷锋塔下来已经是吃午饭的点了，打算随便找个地方应付一下。问路中，清洁工指示了一下景区内经营的农庄，抱着试一试的心态过去瞧瞧。像其他景区的一样，农庄的主人热情地出门揽客，我们不大情愿地看了一下菜单标价，觉得还合适，便将就着坐了。三个人点了四菜一汤，一个油炸臭豆腐，一个韭菜炒香干，一份清蒸白条鱼，一份东坡肉，一份莼菜汤。臭豆腐和香干都是家里的常菜，印象中臭豆腐要数嘉鱼簰洲的最好，而香干，通城麦市的就小有名气；白条鱼与东坡肉就属于西湖的特产了。先上的是油炸臭豆腐和炒香干，臭豆腐入口酥软，味道很好，只是没有家乡的口味重；炒香干豆味纯正，一点也不比通城的麦市香干差；东坡肉的名气太大了，内地餐馆多有制作的，能否吃到纯正的，并不期待在景区碰上，然而端上来的一小份东坡肉，香喷喷的，筷子所指之处，肉即随纹理自然分开，肥的我是不吃的，但既是名品，就没有严格到将捎带的一点点是肥肉还是筋的部分除掉，肉炖（蒸？）得很烂，瘦的部分实际上已被肥的部分充分浸润，肉质就特别滑爽，嚼在嘴里满口生香，香中带甜！噢，是有那么一丁点甜，是那种纯正土猪肉的本味的甜，香呢，肯定是有香料焙过的，但吃起来感觉也是那种纯正的土猪的肉香味，只是恰到好处地稍重了点，这确实是我吃过的最纯正的东坡肉了（后来在苏州大宾馆里吃的就无法与之比拟），吃着不过瘾，又叫了两份；白条鱼肉质细嫩，味道鲜美，类似家乡的翘嘴白；莼菜据说只有西湖才产，吃到口里软软的，家里还找不着什么菜可以类比一下的，总之，味道独特吧。一餐饭才吃了百来块钱，但味道却是好极了，这是我记忆中在景区吃到的最价廉物美的饭菜了。饭后茶余，不免要感慨淮扬菜系的精致，感慨杭州人的精明与诚信，感慨东坡这位大文豪、老贬客的豁达与超然。别的文人寄情山水是遁世，唯有东坡是入世，吃是最好的证明，老先生不仅吃得用心、考究且有创意，以至于东坡饼、东坡肉与其诗文一样，也成了传世之作，这是文人骚客中绝无仅有的。而大约是为情致也为利民兴修的苏堤，也成了西湖永久的胜景。对了，苏堤是追寻的下一站。

船游西湖

农庄出来过马路穿过一片林子，正前方西湖展现在眼前，左前方不远处就是西湖苏堤了。正是水光潋滟，苏堤游人如织，邻堤的前方岸沿一字儿排列着游船，彰显着旅游西湖的特色。我们信步走着，船工们时不时地吆喝揽客，我们并不理会。已入正堤了，忽而窜过来一个船工小伙，极力推荐我们坐船，说是没坐船等于没游西湖。本是惦记着早点撤退好与刘姐她们会合，并不想受船羁绊，但拗不过小伙的劝说，内心中也依然留存着坐船体验的愿望，于是半推半就地上了船。

早间听不少游过西湖的朋友说过西湖徒有其名或不过如此的失望，一直不敢相信。人间天堂、国家 AAAAA 级名胜，历代那么多文人骚客留下华彩诗文，不可能都是无病呻吟吧？

坐船入得西湖，撇开文化的背景不说，单就自然景观而言，我觉得西湖还是秀美异常的，虽然不若东湖水面辽阔，但小巧精致，沿湖绿荫隐掩、垂柳婆娑、画桥如虹，湖心还有古塔、绿树红墙的小岛、如叶游船散落其间，煞是漂亮，整个西湖呈现一派清新、灵动之美。难怪子瞻老先生要把西湖比西子了，褪却春秋盛装的西湖，像略施粉黛的美少女，本色而袭人。当然，也有唯一显得不足的地方，那就是水质尚不够清洌，若掬嘉鱼西凉湖之水以换西湖之水，则西湖当年之美景完全可以重现。这也怪不得西湖，名声太大必为名声所累，游人多了，生活污染必然严重，经历多少朝代了，西湖还能保持如此清纯面貌已属不易，这该得益于杭州人超前的环保意识抑或唯美意识吧。

遐想之际，刘姐打来电话，说是已替我看好了皮草，担心什么时候闭市会赶不及，催我们早点过去。看看时间已近下午两点，是该动身了，于是我们催促船夫速返，其余几个景点如花港观鱼等就不去看了。

海宁皮革城

赶到海宁已是下午四点多了，驶出杭州城走了不少弯路。而到达海宁皮革城下更是不知所措，皮革城实在太大了，没来过的人都想象不出它的大。皮革城分几个区域，一个区域一大片楼群，估计逛下来得半天吧，难怪刘姐电话里说逛几天也逛不完。我们费尽周折打了半天电话，车子来回倒了几次，终于弄清了刘姐的方位。等到与刘姐她们碰面已近闭市的时间，但坏事往往会变成好事，越是临近关门时间，商家也是多抢一单算一单，这样讲价就更主动一些，而想买的皮草是早已看好了的。不到半个时辰，同行六人中有五人均以不足三折的价格各买了一件皮草，我买的一件皮袄二点八折还抹了零。返程途中，大家一致欣慰并感叹海宁皮草的便宜，估算着即使坐车前来购物也划算，都打算将海宁皮草的价格告诉亲朋、动员亲朋前来购买。我想，这也是海宁皮革做得如此之大的原因吧，虽然便宜，但有免费且有实效的宣传。

返回杭州已近晚上七点了，朋友已经在餐馆等候多时，但大家似乎都没有吃的兴致，一致惦记着《杭州印象》节目，晚上看演出是早晨就定好的计划。碍于朋友的盛情，大家只好埋头吃饭。晚八点多，饭吃完了，节目也早该开始了，大家只好很无奈地相约一同再到西湖边去走走。

夜西湖

夜晚的西湖，灯火阑珊，虽没有江枫渔火的喧闹，与白天比，也别有一番情致。但初冬的夜晚，寒气很是沁人，大家穿得都不够厚，抗不住寒冷，只好草草打道回府。

西湖冬晓

第四天大早，心有不甘的我又早早起床了，落下了那么多景点没看，再不能错过西湖初冬的晨景了。

昨天就蓄了心，打听了住处离西湖不远，所以心中有数，出得宾馆大门向左拐，前面路口再左拐，前行大约百米过一红绿灯，再前行大约百米过一地下通道，穿过隔离带，展现在眼前的就是立有"世界遗产"徽章的西湖广场了。

初冬的早晨，西湖的天空格外高远，水也是清纯澄碧（比昨天中午时分的似乎清亮多了）。晨练的人不少，扛着相机拍风景的游客也有更早的。桥总是惹眼，漫步的、拍照的总要滞留其间。因没来得及带相机出来，我就只好拿手机拍了，旭日映照下的西湖晨景确实很美，尽管已是初冬时节了，垂柳仍绿，而背后的什么树种却是黄红相衬，格外添彩，整个画面似镶成的一幅质感鲜亮的油画。绕到桥对面，透过柳条逆光拍照，则好一幅烟柳画桥、风帘翠幕的美景。无从感知苏堤春晓的美，但我想，逮着这西湖冬晓之美也不错。拍兴正浓之时，手机响了，刘姐催吃早餐了，一看时间，已经八点了，不知不觉一个钟头过去了。

阳澄湖蟹

吃过早餐，我们开始按计划向苏州进发。车行两小时后，有朋友开车在高速路口迎接，我们紧随其后，不久经过一个湖区，说是阳澄湖，话题就自然转到阳澄湖螃蟹上了，大家七嘴八舌，大体意思是一样的：阳澄湖螃蟹不过是被好吃又有钱的上海人炒起来的，未见得有多好。但朋友偏偏是把车带到了阳澄湖景区，说是已联系好岛上的农庄，中午吃正宗的阳澄湖大闸蟹，大家不禁哑然。

阳澄湖螃蟹个儿的确很大，上桌的都在四两左右（全是公的，据说这个时节吃公的好），不知是不是经过挑选的。我勉强吃了一个，朋友再拈，我坚辞不受，声明来自螃蟹的大产区嘉鱼，平时吃得多了。苏州朋友们不经意地流露出地域的优越感，劝导我说，这可与湖北的螃蟹不同，螃蟹的生长对水质的要求很高，这是特定的水域特定的环境生长出的螃蟹，阳澄湖水面辽阔，水深不超过 1.4 米，湖底全是硬土，这样的环境生长的螃蟹个儿才大，肉质才鲜美，不像别处的湖蟹，都带土腥味。我不禁暗笑，这大概成了阳澄湖地区民间的通用广告，刚才游艇上的船老板也是这样介绍的，完全的无稽之谈嘛。螃蟹的生长对水质有要求我不否认，并且水质往往是螃蟹肉质好坏的决定性因素，但阳澄湖的水质很一般啊，污染也很严重，完全没办法与嘉鱼的西凉湖、大岩湖等大小湖泊的水质相提并论。螃蟹个儿大小除了取决于食物是否充足这一主要原因，可能与水深不过 1.4 米还扯得上一点关系，因为水浅，水温相对要高，螃蟹生长得会更快。但水的深浅与肉质的好坏就没什么关系了，硬说有关系也是不利的关系，很简单的道理，库容越小生物的多样性必然受限，螃蟹的自然生存环境亦受限。受限制生长的东西多不好吃（无异于家养），生长得快的东西也多不好吃。至于湖底硬土与肉质的关系，更显牵强附会，一点科学依据也没有。嘉鱼的"三湖连江"湖底也是硬土呀。当然，我并不否认，阳澄湖的螃蟹，味道的确不差。

苏州园林

下一站是苏州园林了。苏州是私家园林最为集中也最具代表性的地方，宋、元、明、清各朝代修建的都有，最有名的自然是拙政园，为我国四大古典名园之一，列于私家园林之首。

下午四时许才进入苏州市内，要看众园林时间是不允许的，我们只有选择"代表作"拙政园了。

原以为对园林已有充分的了解，毕竟学过叶老的文章，也看过一些资料介绍，但进得园内，听导游一介绍，竟觉全是陌生的，凉亭假山的位置、脚下石片铺法的寓意、回廊内外的讲究、厅堂的布局、家眷的活动区域等众多细节问题都是书中看不到的，经导游一吹，竟然平添不少趣味，大家兴致勃勃随着导游的指引观望着、抚摸着、踩踏着、拍摄着，好似一群稚气未脱的学生。其实，我们知道有一些内容是杜撰的，比如导游说拙政园曾为曹雪芹的曾祖父所居，是曹雪芹笔下大观园的原型，此说官方资料上是没见的，但谁又会去较真呢。大家只觉有趣，多些掌故何妨，看着同行苗条的小黄妹，我也指着林黛玉葬花的地方打趣道：那是你该去凭吊的地方。大家嬉笑着、探寻着，不知不觉中游完了园子，正好也是园子收班的点了。

山塘街、古运河

朋友又催着吃饭了，我们余兴未消，再说吃饭时间太早也间隔太短了点儿吧，大家一致决定先去苏州古运河、苏州老街看看再说。朋友无奈，只好"主随客便"，将我们一行带到山塘街。

山塘街是一条已有1100多年历史的老街，踏入老街才真的领略到苏州这座历史文化名城的古韵。老街傍古运河而建，基座为石砌，上面两层是砖木混合结构，临街门面则全是木质的，家家户户挂着灯笼串、纸鞭炮串、纸铜钱串、红辣椒串或中国结，有的还插着旗幡，古色古香、原汁原味，还是旧时过年才有的闹腾腾的气氛。据说乾隆帝也慕名到过山塘，街尾矗立的"山塘寻胜"的碑刻即出自乾隆手笔。

　　以前，在别的地方也见过仿制的苏州一条街，已经觉得很漂亮了，看了这原作，感受又完全不一样了，这种深沉的历史的厚重、浓郁的恍若隔世的氛围以及所产生的感染力是仿品无法复制的。

　　游了山塘古街，再船游苏州古运河则是必选项目，虽然天已全黑，看看时间才不过六点多，我们决定船游运河后再吃饭。

　　乌篷船是没有了，一律换成了电瓶船，外型造成古画舫的模样，船身至少有两个乌篷船大，可以坐十好几个人，船夫像驾车般把持方向盘，船头还立了个撑篙的，大概是因河道太窄方向难以控制，还得借助这古老的撑篙在会船或拐角处应急。

船行开来，古老的苏州运河像一幅画卷配合着播放的讲解徐徐展开，历史与现实、现实与历史叠加，人在过去，过去在眼前，灯光篙影之间似有穿越时空的感觉……

苏州之美，美在对历史原貌的完好呵护，美在宁静与悠远，美在深沉与厚重……

周庄

第五天，是计划中的最后一程了，吃过早餐，我们直奔周庄。

周庄是个四面环水的小岛，以一桥与外界相连，这是周庄得以免受兵燹、完好保存其原貌的地理原因。周庄因水而名，有"中国第一水乡"之称。全镇依河成街，桥街相连，深宅大院，重脊高檐，河埠廊坊，过街骑楼，穿竹石栏，临河水阁，一派古朴幽静，是江南典型的小桥流水人家（此段为网上摘抄）。我们依次参观了张厅、沈厅。提起周庄，就不得不提沈万三这个人，不仅因为沈厅成为周庄一景、周庄著名的富安桥为沈家后代捐资所建，满街的万三蹄、万三糕就让你想躲也躲不开，路经商铺总会有人推荐叫卖，而我脑中直观地就蹦出了一个肥头大耳的生意人形象，这是万三！为什么会这样？同样是"吃货"，同样以人名命名留下了美食，东坡的形象是那么地俊朗飘逸，万三却是那么地粗俗不堪，两者之间差别怎么这么大呢？大概是思维定式使然，生意人与好吃联系起来就是这样吧！是不是太冤枉人家了？以业取人，会不会有偏差，我是无意去考究了。

周庄最有特色的还是水巷游了。一色的乌篷船，在水巷柳影中不慌不忙地穿行，优哉游哉吟唱着古老的韵律。看我们兴致甚浓地拍照，船夫没话找话地说：你们碰着了，今天天气真好。我说，下点小雨未尝不好。船夫似有些不好意思地接话：是啊，雨蒙蒙也挺好玩的。我想，这是真话，雨蒙蒙市井喧嚣顿隐，船行水巷，听着雨打乌篷、橹声欸乃，才会有旷古的感觉与神韵吧。

周庄摇橹

看着船工温和，我也想摇下橹。早在几年前游瘦西湖，我就对橹产生了浓厚的兴趣，这一单片桨叶是怎样搅动怎样掌握方向的，我一直想试试。就在前天游西湖，我就要求船工小伙让我试试，但小伙有点故弄玄虚，说很难的，不学三天会不了，扶着我手摇了几下，说他放手橹就会掉的，果然，他一松手，橹就从臼中脱落了。我很是不服气，仔细琢磨了一下，那橹形似一片单桨，但柄是曲的，橹叶与橹柄的中段开有一小孔，船头上则生有一铁钉，将橹孔套进铁钉，钉就成了橹的支点，但橹叶在水中是有浮力的，而搅动时又会产生较大的阻力，橹柄掌握不好，橹就会在橹叶浮力的托举下脱离支点。所以我想，蛮力只会适得其反，依托支点掌握平衡才是关键，还有，橹叶的摆动应该是靠腕来掌控。我在心中已默试过多次，应该不成问题。果然，我一上手，船夫就说我有基础，立马放手让我摇，我左手拽绳（一端固定船头，一端钩在橹柄前端用于平衡的绳索），右手平推橹柄再扣腕回拉橹柄，竟稳稳当当地摇起来了，连西湖船夫小伙说没什么用处的拽绳我也用得得心应手，并且越摇越快。船夫一旁指点着如何加大幅度以调整方向，但我已经听不进去了，无意学精！我完全沉浸在得意和快乐之中了……

        *   *   *

接下来的行程是办完事便返程了。途经常熟与江阴，应朋友之邀也匆匆逗留过，没有什么可记的了。回家后数天时间内边回忆边磨磨蹭蹭记下这些文字，以给儿子作个榜样："游"则有所"记"，并希冀对儿子的作文有所帮助。本"记"侧重于感受，景观多概略述之，主要是考虑所经名胜早有名家撰文，网上资料也是铺天盖地。

北海、润洲纪行

八月初，瞅着儿子放假，一家人照例盘算着到哪里转转，时间不能长，限于四五天，既要达到放松的效果，又不能占用太多的暑期时间，毕竟，即将步入高三的儿子还有大量的功课要做。

一直向往的西藏、新疆太远，自然不在考虑之列，云南的、四川的景点多，串下来时间不允许，仅游单一的景点又显得不划算，也不宜选，而近些的、有些名气的也大多游过。正为选点发愁，一位老领导闲聊中谈到去年的润洲岛之行，满口生津，直道是个休闲的好去处。

可谓说者无心，听者有意，憧憬的马尔代夫去不了，规划了好久的西沙群岛之行也因种种原因搁置，一直耿耿于怀呢，涠洲岛虽然名气不大，毕竟也是岛啊，且地理位置上已属热带海域，风光应当大致相似吧，这种"同类项"式的替代也差强着算圆梦吧。而听海的喧嚣，享岛上闲暇，好玩、不累，还有鲜活海鲜可吃，这不正对了儿子的口味！一家人敲定就去涠洲岛。

七号的机票网上订好了，问题却来了，广西的朋友来电话说，今年邪乎，上岛的船票近十日内的已全部售罄，有把握能拿到的最近日期的票要在八月十一号之后，顿感扫兴之余转念又充满安慰——这么多人涌上岛去，说明好玩啊！下定决心，不考虑变更其他地方了，网上将机票改签至十一号，这期间儿子正好赶他的暑假作业，我则会在空闲时看看地图、上网搜搜涠洲岛的资料。

涠洲岛是隶属于北海市的一个小岛，大约位于东经109度、北纬21度处，距离北海21海里，面积不足25平方公里，据说是中国最大也最年轻的火山岛，以前并不曾听说，近年来才声名鹊起。去涠洲岛必先落脚北海，而北海的名气却比涠洲岛大得多，又恰恰是我们一家子没去过的，这也是我们最终选定涠洲岛的原因，性价比高啊，一次可游两个景点！

北海：银滩、夜市

八月十一日，我们一家三口如期出行。飞机到达北海是下午一点多，朋友安排吃完中饭才下午三点多，我们按捺不住激动，即刻就想去北海银滩逛逛，一睹这世界著名景点的风姿。朋友则建议，现在阳光正毒，我们会受不住煎烤，游泳会晒脱一层皮，不如先住下稍事休息，到下午五点太阳偏西再去比较合适。室外露头不久的我们也确实感到这热带的阳光不同于内地，热力实在威猛，决定还是听朋友的，先住下再说。

下午五点，我们乘车向银滩进发，不过十来分钟就到了银滩的游客集散中心，这相当于银滩的正门，建有广场及购物、沐浴、更换衣服的场所。广场很大，背靠大海银滩，不大是不足以显气势的。广场中心是一尊巨大的钢质圆球雕塑，球身环塑一圈浴女，雕塑据说名"潮"，圆球代表的是珍珠，少女则是珍珠的护卫者，整个球体以大海为背景，的确有与大海融为一体的感觉，既彰显了北海特色（盛产珍珠），又凸显了潮的韵律，很是灵动。北海银滩宽旷绵长，不似一般的海滨浴场仅一湾滩地的小家子气，这大概是它得以扬名的主要原因吧。沙滩沙质细腻，呈银白色，这是因之得名且有别于其他海滩的又一显著特征。盛传的与人和谐共处、主动讨食的海鸥却没有见，大约时辰不对吧。海滩足够阔，但人也足够多，整个浅水区都是人头攒动，游泳的、戏水的、拍照的无一处留白，本来有些腼腆的儿子禁不住这氛围的感染，也要下水去蹚一蹚，结果挽起的裤腿还是被浪头打湿了，不过瘾，干脆还是脱了长裤放开手玩去了。妻子未带泳衣，只好矜持地待在沙滩上用手机拍照……

不知不觉中，太阳西沉，一个半小时过去了，儿子还意犹未尽，是该吃晚饭的时间了，我只好招呼撤退。

晚餐是在朋友推荐的侨港村吃的。整个一条街灯火通明、烟火燎绕，沿街铺面全是炒菜的、烧烤的，餐桌、货架、烤架摆上了人行道，本来就不大宽的街道被摊点及往来的行人堵得水泄不通，好不热闹。随便一问价钱，的确实惠，生蚝一打才十元，个儿虽然不大，但数量足够多，其他地方是十元一个，可见差距多大，其他品种的海鲜也是格外便宜。几十元钱点了一小桌，儿子吃得开怀，我们也破例地陪吃了不少。

涠洲岛：马尾松、香蕉林

十二日上午十一时许，我们乘坐游船向涠洲岛进发，不过一个小时，游船近岸，游客多起立观光、拍照。感觉小岛没有气势，也没有期待中的葱郁或特别之处，就懒得赶热闹。下船挨得很慢，上下三层，一千多个座位座无虚席，船梯太窄，大家又都带着行李，只能是一步一挪，好不容易下得船来，走过千米长的码头通道，游客又被集中拥塞在一处场地上买上岛票，天气燠热，所有的游客都沤得全身是汗。好在事先联系的接船小伙儿灵活得很，很快办好了买票手续。

车离码头，映入眼帘的满是蕉林，不时点缀道旁的是几棵细叶榕、马尾松。细叶榕是南方代表性树种，岛上应当居多，马尾松显然没有这种地域代表性，是否具有普适性也不大清楚。细叶榕长得都不够丰茂大气，大约是因土地过于贫瘠吧；马尾松枝条稀疏、俊朗，针叶纤细，簇簇如马尾，随风摇曳，具十足的美感，是常借以为素描的素材，记得小时候就喜欢画这个。

七弯八拐下榻后，方才觉出一种旷达与心怡（蕉林中穿行，毕竟看不真切）。农家小别墅都距离大海不远，站在阳台上，真切地有种"面朝大海，春暖花开"的感觉，天空湛蓝湛蓝，大海碧蓝碧蓝，纯正的海天一色。屋前是成片成片的碧绿蕉林，绿得冒油，蕉林远端与海滩相接处是一字排开的高大的马尾松林。马尾松枝叶婆娑，为蕉林筑起一道有力的防风屏障。据接船的小伙儿说，马尾松除了防风，木材本身没什么价值，我想，防风正是它的价值所在啊，要是木材本身有价值那反而糟了，必未成林就遭斫伐，正如庄子寓言里所说的那种能存活千年的树，正得益于它的木材没什么用啊。马尾松的枝叶缝隙间有意无意地披露着或红或绿的游沙戏滩的男女，时不时还会飘过一只快艇，那是游客与大海的际会、嬉闹。再远处的海面上，或近或远点缀着的是游船还是捕鱼船就分辨不清楚了。我端出行程必备的相机，装上长焦镜头，记录下这蓝天碧海、红绿辉映、动静天成的海滩美景。

✦

海滩浴

　　问过接船小伙儿，知道海岛的景点以自然景观见长，而沿岸的沙滩应当是最显海岛特色的休憩场所兼观景场所，行程表中，下午没作其他安排，主要就是体验海滩浴。依照昨天的经验，我们草草吃完午餐后，又休息了近两个时辰，看看太阳偏西，一家人换装（泳装）出发。穿过蕉林和马尾松林带，展现在眼前的是宽阔的沙滩、无垠的碧海，沙滩上零星几顶遮阳伞下，摆着一圈圈的桌椅，椅前码着一堆堆的游泳圈。游客不多，不过百十来人，大概是因环岛线路太长，太过分散吧。游人没有组织但都相对集中，或泳或嬉或坐，是出于安全的本能吧。沙滩质地与银滩没法比，全是砾石混合着贝壳、碎珊瑚，硌着脚生痛。但海水清澈湛蓝，却是银滩处的海水无法比拟的。尽管扎脚，奔着这清澈湛蓝，也要下水嬉戏一番。先是儿子租了一个圈下水，我负责拍照，后来妻子待不住了，也租圈下水，但从未下过水的妻子一步一摇的，显然有些害怕，毕竟大海无风也是三尺浪啊，我就自然当起了护花使者……

太阳西沉时，云翳缝隙间透射出的金光吸引我赶紧爬上岸抓起相机抢拍，短暂的霞光映影，衬得海天浑黄，剪影迷乱，留得美照数张。

是返回就餐的时间了。

农家餐饮

农家小院吃饭很特别，一概的来料加工。为保证信誉，农家自己并不备料，厨工只收取加工费，这是这个海岛农家经营的最大特色。大多数游客放弃宾馆而选择农家小院小住，一方面是为体验农家生活情调，另一方面也是奔这种来料加工的餐饮模式来的，可以以最便宜的价格吃到最正宗鲜活而放心的海鲜。在硬件条件逊于大宾馆的情形下，这不失为一种有效的旅馆促销模式，可见，海岛渔民是很懂经营的。我们因未作提前采购海鲜的准备，农家有些措手不及，预订的客餐又多，我们就等得很晚。

夜海滩

吃完晚餐，已是晚上九点多了。儿子拿出英语课本准备兑现承诺（每天背一课），我和妻子待在房里显得碍事，决定去海滩走走。穿过蕉林，海风徐来，不温不燥，白天的炽热已退尽。没有月亮，海滩上星星点点游动的光是渔船还是人在走动，完全看不清楚。再往前走，嗬，发现退潮了，好像还退得很远，星星点点处，偶尔有光束抬起或扫动，是电筒光！那星星点点的一定是海滩上走动的游人了。我和妻子也决定向远处趟寻。退潮处礁石遍地、坑坑洼洼，礁石湿漉但似乎并不十分滑溜，我们深一脚浅一脚地探行。迎面光点晃动，过来了一对情侣，照明的是手机电筒，难怪晃动的光都不强，大概多数用的是手机照明。继续前行中又碰到几对游人向海滩回撤，用的也是手机照明。再前行，似乎隐约看到海了，星光很弱，是离海面较远的缘故还是海面上空湿气太重的缘故？星光仅仅是作为亮点存在，起不到半点照明的作用，海面的反光似有似无。一对父子提着小塑料桶，拿着小网兜，打着电筒，正专注地在洼地搜寻，看来是有备而来。小子十来岁的样子，圆圆的脸蛋，一对大眼睛，在我们柔和的手机光下衬得十分可爱。我摸着小子的头，大声招呼：有收获没有？小子笑着甜甜地答道：有一点，并扬了扬手中的小桶。再前行，星星点点的光少了，时候也不早了，夜色太浓海滩太空旷，我俩心中怯怯的，决定折返。

蹚过礁石，回到干燥的海滩处，看到一位七十岁左右的老者用手电正兴致十足地打量着两块石头，看我们走近，老者很有成就感地跟我们打招呼，看看像不像狮子、海狗？刚从礁丛中捡的！我们好奇地审视了半天，觉得惟妙惟肖，真的很像。老者显然是本地人，虽然自得其乐，但探寻很有目的性。

看来这退潮海滩上星星点点的不仅仅是好奇、好玩的捡拾蟹贝的游客，也不乏"探宝"者。

返回住处的途中，已是晚上十一点了，还有游客三五成群地向海滩踱来，看似寂静的夜海滩一点也不寂寞啊——黑代表的并非都是恐怖与阴谋，黑更有黑的秘密与浪漫！

海滩晨景

第二天（八月十三日），天刚蒙蒙亮，我就起床了，为的是能拍上海上日出。晨曦中，退潮海滩上礁石遍布，一览无余，这才知道海水吃水线足足退出了一百多米，但退出的部分并不显坡度。时间不到六点，海滩上已有不少游人，有拍照的，有在海边漫步的，有在礁石缝间翻捡的。六点一刻左右，日光从背后打过来了，知道自己完全处错了方位，但已于事无补——住的地方不对，这是岛的西部。怪道昨晚的日落景观煞是好看！不可兼得哟。

布满黄绿色礁石的滩涂在逆光的照射下非常漂亮，这是之前没有见过的景象，拍下来也不错，算是塞翁失马有失有得吧。

小岛一日游

吃过早餐，我们开始了小岛的一日环游。第一站是鳄鱼岛，这是岛上著名景点，是最能彰显火山口地貌特征的去处。船游只是遥望，轻松却并不真切，倒是船下露出的珊瑚礁更吸引眼球。随便拍了几张照片，船便折返了，来回不过半个多小时。下一站是石螺口海滩，在四面环海、处处海滩的环境下，能作为单独的海滩景点推出，足见其条件的优越。这里海水湛蓝，沙质细腻，滩面开阔，游人不多，比起银滩，要恬静、通透得多，但烈日当头，不是戏水的好时段。招徕潜水的生意正浓，儿子似乎有些心动。要说，海岛潜水应该是最有吸引力的项目，只是心存畏怯，多数人没有勇气去尝试，看着儿子有意，决定斗胆陪潜一次——做父母的总是不放心！

在国外，潜水是须取得资质的，毕竟是有一定危险性的活动。但凡关涉生命的，国外总是格外地慎重。国内，似乎并没太当回事，应该是技术要领不难掌握吧。但潜前培训是必需的，大家换上潜水衣，十来个人一班，树荫下围成一堆，讲完了即上船送往潜点。先凑拢听了听前一班的讲解，等到一圈凑足了十人，我们这班也开讲了。培训师是个很喜气的人，说他喜气，不仅是因为他长得胖，而且天生的一副相声演员的相，一米八几的个儿，头是椭圆的，身子是椭圆的，伸出的手似乎也是椭圆的，嘴巴不大，鼻子不大，眼睛也不大，说起话来只见嘴动，全无表情，像装出来的。但嘴皮子特溜，普通话又好，开口就像逗哏的，我一度怀疑他是不是来景点体验生活的相声演员。

培训内容确实好掌握，除了下潜、上浮、不适应等简单手势外，关键的就是氧气呼吸机的使用，而此中的要领则是封住鼻子，咬紧呼吸嘴，用口呼吸。我一下放下心来，儿子有过敏性鼻炎，因经常呼吸不畅而形成长期用嘴巴呼吸的恶习，这倒好，用于潜水，却是不学而适了。

潜水点选在鳄鱼岛侧面生长有珊瑚礁的海域，大概因这里景美水浅最适宜潜水吧——大多数游客潜水绝非为体验潜水的感受，更重要的诱惑来自对海底未知风景的感知，海域有珊瑚礁应是招徕潜水生意的必备条件。

潜水时，每个游人由一个潜水员带着下潜，下水前先在腰上绑上腰带，腰带里裹的大约是铅块，之所以如此，大概是因潜水衣等设施本身浮力就大，不加重难以下潜吧。我们背朝趸船的舷梯下水，潜水员在后面托着，让你放松、平浮，再强调呼吸要领，漂浮三五分钟，等你觉得可以适应了，就开始带着慢慢下潜，短暂的恐慌之后是理性地用口呼气吸气，眼睛也开始慢慢适应水下的光线，感觉人变得好大，海底的景物也是放大了几倍吧。珊瑚确实很美，热带鱼更是带来了活力，黄的、绿的各种花色小鱼穿梭于珊瑚礁丛，一派生机盎然的景象，像电视里看到的一样。潜游的人大概都在附近区域，几个珊瑚礁丛巡游间，我看见儿子在潜水员的牵引下，手里拿着什么饵料举在眼前，引一小群热带小鱼围着啄食，十分惬意的样子。但我渐渐感到耳朵的压力，是下潜过程中忘了鼓气这一技术要领，赶紧摆手并上竖大拇指，这是不适应并上浮的手势，在潜水员的帮助下我很快就浮出了水面，看看表，下潜不过刻把钟。又等了漫长的二十来分钟，儿子才浮出水面，看得出，他玩得很尽兴。

接下来的行程都很闲散，像圣母教堂、五彩滩等都是随便逛逛，通往圣母教堂沿途村落的树很美，都是热带树种，以木瓜、芒果多见，细叶榕长得粗壮、铺张，完全不像进岛时所见的瘦弱样子；五彩滩海浪汹涌，很有气势，不似其他滩涂，也没人敢下水嬉戏。其他的景点多是一晃而过，我们打算多攒点体力，明天好早起拍日出，住的地方也调到了小岛东边。

五彩滩日出

八月十四日早，五点就起床了，为的是抢占"有利地形"。看日出的地点定在五彩滩，我满腹狐疑，海水滔滔处如何立足？车泊昨天停过的停车场，沿着山体间劈出的下行通道前行，到了昨天的观海处，方才发现一夜之间海水退出了老远，昨天如巨臂前伸演示惊涛拍岸效果的右半山体远远地后移，潮水退出的滩涂在昏暗的天光下如镜面般泛着微光。时间尚早，我们毫不犹豫地站在了滩涂的最前端。六时许，天边泛青，海天的分界已可分辨，人流也开始前移，前无遮挡的局面发生改变，我自然不能落后，蹚着海水依然站在了最前端。但人们总不安分，总有人继续前挪，我也始终不甘示弱地挪在最前端。海水没膝但温润，水底平坦且踏实，着的是沙滩鞋，穿的是休闲短裤，浸在海水中丝毫没有顾忌，而大部分人不再跟进则主要是碍于穿着。十分钟许，海天相接处青黑的天幕裂开一条缝隙，像暗红色的画笔在青黑的底稿上随便画上的一条横线，持续约有几分钟，期待的红光没有出现，红线倒被吞没了。铅云太重，暗海无边，但天边还是不可遏制地泛青发白。大约又过了十来分钟，有红光从云背后泛起，太阳像气功师，无声发力之间摧得重云四散逃逸，正前方的天边一下明朗了许多。再一会儿，在上方光影的渲染下，海天相接处云层略上方又裂开了缝隙，太阳在暗云的重纱缠绕下，像一个蒙着头巾的女人，羞答答地露出了眉眼部的尊颜，人群一阵躁动，相机咔嚓声一片，我也用不同的曝光值记录下这短暂而颇具神秘感的一刻。事后，站在同一处拍摄的云南女孩这样评价我的照片："如果中间停笔太长时间，会产生一种巨大的恐惧，仿佛察觉他们正在一个个地消失，或者干脆是死去。"这是针对黑幕背景下正对东方海平面拍下的日出照而言的，很有哲人的深邃、哲理诗的味道。

太阳完全突出云层，就无法拍了，看儿子拍兴正浓，只好等待，回望身后，晨光中滩涂被无数细流分割，光影斑驳，像一块巨大的彩布，煞是漂亮，这时才体味到这个地方为什么叫五彩滩了，昨天包括今早出发前的疑虑也顿失。折返途中，逆光下人影、云影衬托下的滩涂更是五彩斑斓，我端起相机，留下了此行中最美的剪影。

北海老街

看过五彩滩日出后的当天下午，我们就乘船返回了北海，而回家的机票是十五号的，在北海还得待一个晚上，朋友推荐，老街值得一看。

吃过晚饭，我们便信步向老街走来（选老街附近饭馆吃的晚餐）。朋友介绍，老街已有一百多年历史，全由外国商贾所建，很有域外特色，经营的产品也很地道。

北海有史以来就是重要的通商港口，百多年前更是各国商贾

云集，达到鼎盛。为便利货物的集散交易，外国商人自发筹建了
这条商业街。老街历经百余年，长盛不衰，至今仍然是北海的商
业中心。

走进老街，已是华灯初上，在街灯和店铺灯光的双重辉映
下，老街显得古朴而辉煌。街面人流如织却不喧哗，是老街商业
习性的传承还是北海市民的文明进步所致，不得而知。街面很
宽，应该有二十余米，不似本土的老街那般紧紧窄窄的不过五六
米、七八米的间距。地面平整，铺的像是大块的水泥砖。房子基
本上都是两到三层的，墙体有些哥特式风味，围绕门窗周围大多
镶嵌有大理石柱。铺面空间很大，很显大气，正面白色的墙体上，
水渍斑驳，苔痕迷离，已成墙面主体色。砖缝间、墙体突起处、
水槽处都长满了蕨类或藤蔓植物，也有许多在门前栽上一株两株
长青树或藤蔓植物的，与墙体寄生的蕨类、藤蔓相呼应，尽显岁
月沧桑。店铺以经营珍珠及其副产品为主，也有经营红木家具等
东南亚地方特产的，美食店、咖啡馆也穿插其间，最引人注目的
是基督教堂，在这纯商业的氛围中，基督存在的意义在哪里？东
方人是不好理解的。但凡有西方人在的地方似乎都有基督教堂的

存在，在涠洲岛那么偏狭的小岛上就有圣母教堂，可见信仰在西方是多么深入人心。

老街出奇地长，应该超出了两公里，我下定决心要"丈量"它，近一个小时，我们才走到头，一问，才知道，这尽头处就是码头，原来街是紧挨着船码头建的，为的是方便货物的运输。

妻子买了些珍珠护肤品，儿子买了些火山石、贝壳类小纪念品，我则拍了些老街的照片，一家人各取所需，兴尽归宿。

涠洲岛很美，老街值得玩味，短短的五天行程经历了由看到品而试的各种体验，既丰富了人生阅历，又愉悦了心身，一个字：值！

看不厌的"药姑山"

通城境内多山，东有"一脚踏三省"之说并因长沙保卫战而扬名的"黄龙山"，中有久存争议的李自成殉难地"锡山"，北有因秋收起义而闻名的"黄袍山"，西有瑶族文化发祥地"药姑山"，可谓名山众多，但我独爱药姑山，在通城工作五年，造访次数最多的也是药姑山。

药姑山又名岳姑山，位于通城县境最西端，横跨湘鄂两省，与湖南省的龙窖山实为一体，是通城与临湘两县的界山，只是湖南人称位于湖南的部分为龙窖山，通城人称位于通城的部分为药姑山，整个山系均属瑶族文化发祥地。

　　初识药姑山，给人一种强烈的藏在深闺人未识的感觉。那是我来通城工作第二年的一个初秋时节，天气晴好，与一行慕名而来的朋友驱车前往探胜，树木掩映中走了半个多小时山路，小车沿路逼近一堵壁立的高山前，以为无路可走了，错愕间却见山门洞开，一条人工凿穿的隧道出现在眼前，入洞即见出口，洞壁间无任何反光或辅助照明设施，昏暗中可见坑坑洼洼的拱洞壁四处渗漏滴水，洞身狭窄，仅容一车通过，地面同样地坎坷不平，这是我走过的最原始的隧道了，应该也是用最原始的工具开凿出来的，不知是瑶族的先民所为还是后来人所为，显而易见的是，若没有隧道，里面将是一个与世隔绝的独立王国，当然，也会是一个相对安全的小世界，这应是瑶族先民选择在此栖居的主要原因。

　　洞身不过二三十米长，转眼间视野便豁然开朗，洞口对着山凹凹口前端，马蹄形的山势顺右铺开，仅一洞之隔，两边植被却迥然不同。进洞前是熟识的树木——典型的人工林；出得洞口，却是少见的叫不出名目的原始植被，灌木、乔木互生，枝繁叶茂，密不透风，毋庸置疑，这里曾经是个无人袭扰的世外桃源。继续前行中偶现嵌入坡地的废弃的石屋、石栏、石阶，苔痕斑斑，颓败中宣示着一种文明的过往。车行至山脚下，是一道观，体量不大，似一户人家，供奉也比较简单，因找不着人问，一时不明就里。一条土路从林间探出，远看像半截被遗弃的长丝袜，曲曲歪歪地斜躺着，应该是上山的路。

同伴们有些莫名的兴奋，大约是因很久没走过这般原始的路了。现在无论哪个旅游景点，不是索道便是栈道，最不济也有水泥路、石板路，像这样原始的土路，在通城境内的诸山中也是绝无仅有。

踏上"丝袜"，人就掩没于林中，空气似乎都是甜的，大家都贪婪地吮吸着。蝉鸣依稀，却少闻鸟啼，已近午时，大概时辰不对吧，但偶尔会听得树枝间有觅食的鸟的窜动。

不过十多分钟的攀爬，明暗交替之间已穿出密林转至环山路上，原来林间小道不过是通向山脚的一条捷径，环山路才是上山的必经之路，但环山路依然是土路，不过略宽一点，也会时不时穿林而过。

近两个钟头的攀绕，不知转过了多少个山头、多少个弯，但一处山头一处景，一处拐弯一重天，总是惊喜不断、雀跃欢呼相随，大家似乎并不觉得累。

在接近山顶的凸出的南坡面，一时天高地阔，远处的群峰像波浪一样一层一层向前推进，像铺开在眼前的一轴巨幅水墨画，邈远空灵，亦真亦幻，若不是两只时远时近翱翔其间的山鹰扰动画面，还真让人莫辨幻真。同伴们乘势而坐，借观景之机缓释不好意思开口的疲累，但无不感叹，此景只应画中有，人间哪得几回见！

山顶是三仙坦，也就是药姑庙，自然与药姑山名称的来历有关，但山上唯一的农户说的地方话完全听不懂，就无从打探传说的玄妙。

这第一次的游览因无熟人引导，仅囿于观景，但大家无不快慰于药姑山的天然野趣，无不感到身心惬意。

重游药姑山是慕其野樱花之名而来，那是在次年的早春时节，有水利局的老黄陪同。老黄是老通城，熟知通城的山山水水、掌故传说，加上专业知识的加持，讲述就更显权威与真实，沿路上指指点点，如数家珍，到达山脚下，老黄指着道观前小桥边的一棵树干笔直、树冠硕大均匀的大树说，这是一棵树龄百年的菩提树。菩提树生于南方热带地区，中部地区成活的绝无仅有，这棵菩提树能生存于斯且长势健硕实乃奇迹，很难从农林学上讲通，所以大家都愿意相信这是佛与道的缘了。道观名白云观，是座千年古刹，初建于周，兴于唐，曾经是通城的道教圣地。山顶还有个神庙叫三仙坛，供奉的是三位仙姑，我们到了再细说。我自然点头会意，只是诧异于这庙前的菩提树，上次居然未引起大家的注意，大概因穿林而来，对绿植已视觉疲劳，注意力反而只集中于另类的道观了。

进山的路有两条，另一条正在开发，老黄说着领我们走上了我上次走过的那条林间小路。

春季的药姑山与初秋时节完全不同，虽然也是晴天，但空气是湿漉漉的，似乎晨雾的水汽还未散尽，也难怪，正是万物欣欣向荣、焕发生机的时节，需要的正是雨露潮气的滋养。自然界就是神奇，需要收敛时收敛，需要释放时释放，整个山体都被潮气浸润着，也不知是潮气浸润了山体还是山体释放了潮气。

新绿已经弥漫开来，点缀其间的不知名的花草开始散发出浓郁的荷尔蒙的味道。鸟儿似乎也兴奋起来，呼朋唤友，唧啾一片。行至半山腰，似有霞光显现，老黄提示，野樱林快到了。我不禁嘀咕：上次经过这里并未见什么野樱林啊，然而拐过一弯道，道边和上下坡面上像铺了一层彩霞，秋季所见的那些遒劲的不知名的灌木现在幻化成成片的野樱林呈现在眼前，同行的年轻人禁不住欢呼起来，手机、相机一起上阵，哪顾顺光逆光，东瞄西拍乱作一团。老黄介绍，这一片野樱林足足有一百多亩，其间还生长着有"植物活化石"之称的红豆杉。药姑山植物门类齐全，尤以药材著称，每个海拔高度都生长着不同种类的药材，有天然药库之美誉，药神李时珍就到这里采过药。现在的药姑山被列为湖北省中医药学院的实习基地，每年不同的季节都有老师带着学生来山里采药、识药。药姑山之所以叫药姑山，与其盛产药材也有一定关联。

　　拍够了樱花，留够了影，山顶还是要上的，那里还有留着悬念的三仙坦的故事等待解读，但同行的年轻人已经等不及了，催着老黄讲三仙坦的故事，讲药姑山名称的来历。老黄拗不过，只好边走边讲：相传，早在唐代，这里生活着瑶寨三姐妹，她们为人极其善良，凭祖上瑶医一技之长，常在这山里采药治病救人，药姑山周边四县（即通城、临湘、崇阳、蒲圻）村民常被流行病"打摆子"（疟疾）困扰，特别是农历七月份，因病致死的人数极多，因此有"七月半和尚师傅打乱窜"之说。三瑶姑看在眼里，急在心里，遍山采药，反复配方，并亲口尝试其药效药性，终于配出一副特效药方，挨家挨户奉送却不收分文，从此药姑山周边村民免受疟疾侵扰。三姐妹的善行感动上天，王母娘娘有心引渡，遂命七姐扔下三个蒲团，让三姐妹平日打座，在蒲团上念经。忽一日她们打座时，蒲团不觉冉冉升天，将三姐妹送至南天门，然后三蒲团落地化作三块巨石，后人称其为三仙毯（坦），因山腰有"洗澡坛、玉龙坛、盐罐坛"，后又称"三仙坛"至今。三瑶姑来到瑶池，王母降旨，封三姐妹为司药女神，掌管人间百草，从此天上多了药姑三仙。

山民们感念三位仙姑的救助之恩，就在山顶上以落地巨石为基，自发筹资修建石屋瑶址一座供奉她们，名曰"三仙坦"。这是与其他寺庙道观完全不同的供奉，是山民最真切、最朴素的表达，三位仙姑就是山民心目中的神啊。至今，这里仍是香火不断，周边不少村民逢年过节，或遇什么重大变故或有什么心结，都会来这里烧一炷香，求仙姑保佑。老黄指着一个背着包袱独自上山的中年妇人，很肯定地说，这个人就是上山烧香的，多半是求子，三仙姑在当地已经很大程度上被奉成送子娘娘了，很灵的。

这个故事听来有点类似妈祖的传说，都是黎民百姓自造的神，只是影响没那么大而已，受制于山区闭塞的缘故吧。

药姑山原名岳姑山，又名龙窖山，因为三位仙姑采药修道的故事，又因盛产药材，大家就改叫它为药姑山了，老黄继续解说着山名的来历。其实，这时候即便不加解说，大家也都会意到缘由了。

于三仙坦虔诚地上过香，大家都还沉浸在故事的唯美里，老黄开始强烈推荐，下山一定要去"内冲"村看看，那里出土了最能证明此山为瑶族文化发祥地的圣物，至于是什么，老黄故意卖了个关子：是我们都熟识的动物，看了就知道了。

内冲村于 2012 年被列为湖北省唯一一个国家级瑶族特色保护自然行政村，拥有"中国传统村落""湖北省瑶文化之乡""湖北省拍打舞艺术之乡"等诸多桂冠，还是湖北省重点文物保护单位。老黄的解说洋溢着骄傲。

位于药姑山山脚东南部的名唤"内冲"的自然村落，简约而古朴，加之遗留于山傍的数处石屋、石栏遗迹，更是平添了一些隔世的况味。

文物收藏于村委会一栋专门的村舍，主要是石缸、石磨、石碾、石凳等石器，传说瑶族先民擅开凿，日常生活用具多以石头为原料凿就，房屋、牛栏也是用石料垒成，其他地方很少见到的石缸，在这里极为普遍。老黄补充道：石文化是瑶族文化的一个显著特征，此处无法展示的还有内冲村周边遗存的多处石庙、石桥、石墓等构筑遗址，经考证是一处大型的瑶族先民聚居的聚落遗址，结合文献推测，应是自两晋至明代瑶人及其先祖的聚居地，即瑶族早期的千家峒。

至于圣物，是一尊石神台，用青石雕成，长80公分、宽30公分，神台脚高30公分，重量120公斤。四脚为虎爪图案，神台边沿是狗头图腾，经专家鉴定是瑶族先民用于祭拜盘王和其他祭祀活动的石神器，也是目前全国首例且唯一发掘出的瑶族的图腾与祭祀神器，文物价值十分珍贵，据说湖南的瑶文化民间组织要出几百万元收购，内冲村委会未予理会。

　　印证瑶族图腾文化的还有房屋建筑。据说瑶族民居的飞檐过去都是装饰成狗头，只是"文革"期间被破坏殆尽，目前幸存的一处倒成了传奇，原来这户人家的前辈很是朴实也很是执着，为了保住飞檐上的狗头图腾，他们将狗头整个用泥巴封砌，以至于完全改变了外形，狗头因此得以保全。时隔几十年，先辈已去，子孙们也记不得有此一举，但经不住岁月的洗刷，封砌的泥巴终于在日头和雨水的经年浸蚀下剥落，狗头露出原形，向世人昭示真相，瑶族文化的发掘也因此多了一项有力例证。老黄说着便带我们去看这一户人家的飞檐。我由此想到：历史的真实总是那么扑朔迷离，大至一个种族的消亡、文明的消失，小至一个历史事件、一桩公案，若其间没有意外因素导致的偶然事件的佐证，后来人实际上很难还原历史的真相。但往往无独有偶，完美的阴谋难免有缺失，周全的圈套也总是挂一漏万。记得有这么一桩公案，某一少数民族部落被另一部落下毒，全族遇难，唯有一患痢疾之人因当时不在场而幸免于难，成了事件唯一的见证人，漏网之鱼成了历史真实的最有力的证明人。但也不知有多少没出现偶然事件、没有例外备份的历史会永远湮没于历史的尘埃中，后人再合理的猜想与挖掘都可能背离真相。封砌而终于暴露的图腾带给人多么沉重的思考，同时也让人认识到这种保护、这种备份对于还原历史真相的重要性与价值。想到此，我不由得对这户人家故去的老者生发由衷的敬意，这可不是一般的瑶民，这是一位智者，一位洞穿了历史的智者，一位忠于信仰预见未来且信心满满的智者，都说民间有高人，这不仅指艺人，当包括此类智者。

三游药姑山又值一个樱花盛开的春季，几个同学也是慕野樱花之名相约前来，但这回恰逢烟雨迷蒙，我不免流露些许憾意，但当地人却迷恋于这种状态，说这才是人间仙境，才是药姑山春天应有的景况，同学们也应和着，我一面释怀地揣度着当地人的仙姑情怀，一面自信满满地充当起导游。

雨如游丝，整个山体都被雨雾笼罩着，游移而缥缈，花花绿绿的游人配着花花绿绿的雨伞点缀其间，颇显浪漫，别有情趣。遥想唐代春天的药姑山，也是烟雨笼罩，三位瑶族姐妹头戴斗笠，身背竹篓，荷锄隐掩于旷缈的大山之间采药的情形，正如仙女下凡，人间天上并无分别，这该是镌刻于当地山民心目中的一幅唯美图景，一种不曾忘却的情结吧！山民们执着地喜欢着下着细雨的春天当是一种另类的缅怀、一种精神的寄托。

同学们有备而来，都裹上了一次性雨衣，这样行动起来比起打伞更为方便，土路夹杂着石子，底子很实，湿而不滑，上山丝毫不受影响。各色花儿收敛了热烈与奔放，一副欲语还羞的神态，蜂和蝶都隐身了，鸟却不惧小雨，依然此起彼落地有呼有应。野樱林在朦胧中氤氲开来，像刚画上的水墨画，近了看，成簇成簇的花儿已多半盛开，樱花带雨，说不尽的妩媚娇羞，少数未开的花苞，鼓鼓囊囊的，有一种膨胀的力量，格外显精神。同学们分散开来，或抚枝轻嗅，或人面樱花相映红，或回眸一笑做出各种姿态与樱花留影，为了美，雨衣也扔草丛间了，好在只是毛毛细雨，短时间内湿不透衣裳。看着同学们兴致盎然，我也天马行空地尽着导游的职责，在贩卖当下美景的同时，我还附带兜售了药姑山的夏、秋、冬三季美景：夏天的药姑山更美，盛夏时节，山上浓荫密裹，远离酷暑，是别样安稳的人间，若有兴致带上帐篷露宿山顶，可见银汉如街市般灿烂，乒乓球大的星星悬挂头顶，伸手可摘，你尽可放飞想象，遨游于天际，收获不一样的浪漫与心灵荡涤；秋季的药姑山五彩斑斓，野果飘香，这是动物的天堂，也是摄影爱好者的天堂，探寻于山岭丘壑间，除了美景，还总会收获意外的惊喜，比如一群散漫的野鸡、一只受惊扰的貉；冬天的药姑山，整个一童话世界，也是专属于仙姑的世界，宁静而祥和，这时候若有三五个好奇探险的红衣少女攀缘其间，定会给人以仙姑转世的错觉与惊艳。

其实，所侃这些都不是我亲眼所见，是几次游历中听人讲的，但我完全信服，这是药姑山的天然与灵性在不同季节的必然呈现。

离开通城数年，因公务繁忙，再未得闲游历药姑山，但通城朋友总是时不时地邀约着、推介着药姑山内敛式发展的新气象，看着曾经由我们憧憬的以瑶族药文化为主线的开发思路居然一一实现并发扬光大了，内冲瑶族村已跻身国家 AAA 级景区并被列入创建国家级 AAAA 景区的名单了，真按捺不住内心的欣喜，真想亲临其境去好好感受一下药姑山的变化。

我盘算着，什么时间带上帐篷，来一场说走就走的旅行，不必走远，只去药姑山，去深度体验一把药姑山春夏秋冬不一样的美。

纠结的西双版纳之行

　　小学时学《美丽的西双版纳》一文，激起童年的我无穷的想象，神奇的热带雨林，物竞天择的动植物王国，一直令我心驰神往。然而，及至中年，几次去云南都与西双版纳擦肩而过。云南的知名景点多，相距又太远，选择了甲地就无法游乙地，随大流的结果是放弃了更远的，但我对西双版纳的热望却一直没有消减。

　　今年年底稍闲，正好有云南的朋友相邀，顿生心有灵犀之感，心动不如行动，决心一下，一睹西双版纳芳容的夙愿终于可以得偿。

冬月多雾，飞机穿行到云南大地，雾气似乎更重，直至飞机降落，也没有像样的能见度，原想高空中一览莽莽雨林的期待最终落空，我宽慰自己，说不定是老天爷在有意给我制造更大惊喜呢！

然而，失落又在隐约之中，直觉无法欺骗：与课文中描写的不一样！与童年的记忆不一样！

车子驶离机场，展示在眼里的西双版纳已不是一座林中山寨，而是一座城市，一座很像样的中等城市：繁华、清爽。硬要说与其他的城市有什么不一样，那只是建筑的民族特色更鲜明一些，植被趋热带化一些。那遮天蔽日、莽莽苍苍、险象环生的热带雨林呢，那远离城市喧嚣的原始况味呢？我不禁满腹狐疑。朋友笑我性急，告诉我，西双版纳的热带雨林还有保留，民族风情也最浓，要住下来慢慢体味。我不禁哑然。

接下来的两天行程，让我充分领略了西双版纳的民族风情，同时也感受到无处不在的商业气息。西双版纳是少数民族居住最为集中的地方，也是民族关系最为融洽的地方，不到两万平方公里的土地上，世居有13个少数民族，其中给我印象最深刻的是基诺族，人口最少，传说却丰满，很具个性或野性，世居的地盘上（如今不过只是个景点）仍然延续着古老的图腾文化，山道两旁的树身上挂满的满是苔痕的牛头骷髅，渲染着远古蛮荒时代的神秘与血腥，给人一种毛骨悚然的压迫感。

傣族则是西双版纳的主体民族，其泼水节、孔雀舞等民族风情与特色早就耳熟能详，但至今仍然保留着母系氏族社会之生活方式则只是到了某一傣族村才知道的。村里接待我们的是当班的妇女，一副当家的派头，介绍她们的母系制度，毫不隐晦其作为女人的优越，也不避讳游客有关男女话题的探询。家常一拉，茶水一喝，话题就引向了健康，由家中盛水的银钵挑起，说是盛水长年不馊，由此很自然地谈起了银器的多种保健功能、诊断功能，并随手拿起随身携带的银梳，敲敲拍拍，示范之间，顺势为在座的来客诊断起病情来。个体素质不一，症状各异，傣家女俨然是老中医，对症一一解读，可谓头头是道，令人信服，并激起人们购买的欲望，被引领到村中银器市场甚至成为一种祈盼，这时候引领者的角色转换成真伪鉴别师，目的在让买者放心。同行的人中，真有不少满是虔心地买了银梳、银碗等银器的，价钱不菲。

看来无处不商啊，哪怕以健康为名，只是傣族妇女的这种引导模式，循循善诱中不露玄机，让人不得不佩服其营销策略之高明。更重要的是，即使你洞穿这不过是一种营销技巧，也不至于产生特别的反感，这中间除了人性化的体贴本就难以指责的因素外，恐怕还有文化的因素，有对佛教徒虔诚无欺的信赖（傣族全民信奉佛教）。

热带雨林确有保留，集中在国家级自然保护区和国家森林公园范围内，但游览的景点是分散的，且都有名目，给人一种零零碎碎的感觉。

望天树景区最有原始森林味道，高大的望天树产生遮天蔽日的效果，巨大的板根方显热带雨林特色，可惜面积太小，来不及好好捕捉一下雨林莽莽苍苍的险象就出景区了。

野象谷景区只见宣传图片，无缘见真象，但觉河谷之间热带植被茂密、蕉林遍布，的确还是利于大象生活的，况且景区还做了件非常有意义的事，将旅游参观的路径打造成悬挂于半空的步道，既避免了遭遇大象等野生动物的危险，同时也避免了搅扰野象的正常生活，一举两得之间体现了人与自然和谐相处的理念。

原始森林公园景区则高度商业化，所有的项目都圈定了范围，虽然看似并不另行取费，但定有其生财之道。最具讽刺意味的是号称原始森林，而所有的原始均被驯化，比如巨型鹦鹉的招手即来，孔雀、山鸡的讨食等。借景拍片似乎是其主要的赚钱手法，应该是屡试不爽，毕竟珍禽难遇，近距离亲密接触既是意外之喜，也是炫耀之本，影像自然值得珍藏。而我感兴趣的原始味道却无从寻觅。

中国科学院西双版纳热带植物园是国家级科普教育基地，系在我国著名植物学家蔡希陶教授领导下创建，占地达1100公顷，集科研、物种保存、科学普及于一体，虽系人工所为，但蔚为壮观，颇具观赏价值，难怪被列为西双版纳唯一的AAAAA级景区。这个并非原始的植物园倒引起了我极大的兴趣，不仅因其布局的宏大、植被的丰美，更因其品类之齐全，能真正代表西双版纳这个植物王国物竞天择之全貌，只是面积太大，难以细细玩赏，园内一株盛开的木棉招徕无数游客驻足留影，倒成就了另类的人文景观。

返程途中我反复惦量，西双版纳之行留给我的是什么：失落？遗憾？有，但不全是，似乎中间还有转换，还有另一种感觉，一种体谅或释然！

失落缘于理想，童真的记忆容不得丝毫的篡改。释然缘于理性，四十年的岁月，社会的发展，人与自然的矛盾在所难免，谁也无法阻挡生存这个第一需要。西双版纳的城市发展无疑大量挤占了动植物的生存领地，但尚属扩张有度，在追求人类自身生存发展的同时，还给动植物的生存圈出了一定的自然空间，虽憾其分散，但终归控制有力，措施也有创意，一定程度地体现了对自然的尊重。

登机途中，我反复回望这片神奇的热土，脑中不停地回放科学院西双版纳热带植物园那美丽怡人的风景，那盛开的木棉花以及恋花的人群。

美好的事物总是令人珍爱，恰似那盛开的木棉。破坏容易，重建却好难。在我们的物质生活日益丰足的今天，真希望多一些像科学院一样的抢救与重建。

真正好的风景，才能让人流连忘返！

走进央视

走进央视接受采访纯属意外。计划中接受采访的同事因特殊情况无法成行，而采访的档期是栏目组早已申报好的，临时无法变更，单位主要领导动议由我顶替，虽再三阐明不适不宜也未获许可，只有硬着头皮赴京，安排同行的还有业务庭的另外一名同事。

毋庸讳言，有机会走进央视是一件十分幸运的事，这是多少国人的向往，哪怕与露脸无关，只是转转、体验一下现场感都是求之不得的，毕竟，作为国家喉舌、重要官宣阵地，受重点保护，一般人可不那么容易进门。但带了工作任务去心情完全不一样，这可是最高层级的访谈，又不是自己擅长的专业，内心不免忐忑。

央视我是去过的，那是老台（民间习惯称新建的大楼为新台，过去的旧楼叫老台），十年前在北京培训期间，在央视工作的朋友邀请我去老台观看过节目录播，因此就比从没进过央视的人多了一份优越感与矜持的资本。然而，仅仅如此，新台却一直无缘造访。

新台别具一格且多争议（仅指外形），门也更难进，因此更具诱惑力，嘴上不说，其实内心一直祈盼有机会走近，加之此前与栏目组的美女主编有过电话、微信的沟通，觉得十分投缘，也期待有机会一睹芳容。没想到的是机缘来得如此突然，更没想到的是愿望会以这种完全意想不到的方式实现。

交通虽然便捷，但我们还是提前一晚到了北京，节目定在第二天下午一点录制，不敢有丝毫的怠慢与差池。

第二天上午九点，央视的朋友就来住处接了，说是先参观一下，熟悉熟悉环境，同事自然兴奋不已，毕竟是第一次走进央视，有些迫不及待。我却有些为难，本想在上午抢点时间再准备准备采访内容的，这一来，计划就得泡汤了，对采访的效果不免又多了一层担忧，但无法抗拒朋友与同事的热情，也就豁出去了。

十来分钟的车程（昨天有意选择了离央视较近的宾馆入住），被民间戏称为"大裤衩"的电视台就高高矗立在我们面前，异型的结体，周身淡蓝色的玻璃幕墙，还真像巨人的牛仔裤，置身在周边阔绰但中规中矩的建筑群中，俨然是一位行走在建筑丛林中的隐去上身的巨人，显得另类而颇具神秘感。设计者是基于实用还是侧重审美意象抑或职业的特定内涵而赋予的外形，还是另有其他的更深层次譬如宗教层面的寓意而框定的构图？不得而知，但客观上给人留下了足够的想象空间。大楼内部的设计简约而从容，充分利用了钢构的自然间架装饰并布局空间，最为特别也最为大气的是大楼的走廊（通道），足有十来米的宽度，已经不是通常意义上的走廊，走廊两边间隔四五米即平行对称摆放着平面大沙发，显然是为不分昼夜录制节目的工作人员或候场人准备的休息场地，充分体现并回应了特殊职业特殊工作时间的特殊需求，特别人性化，展示了央视与国际接轨的气概与风貌。与之相匹配的设施还有每层楼布局的咖啡间，据说也是不分时点24小时供应茶点，突出职业特点与人文关怀，显得温馨而祥和。大楼顶层设有一"天眼"，即一椭圆形通透玻璃，这是大楼的另一特别之处，利用了"两裤腿"之间的空当，可以借此俯瞰大地，但觉功能价值不大，毕竟不是观光场所，故而揣摩应该是有职业寓意或内涵的吧。

栏目组的工作人员热情干练而具有张力，朋友自不必说，作为策划与摄影艺术指导的他，通常是人未到声先至，瞬间可以点燃大家的情绪，热心地引导我们参观，为我们讲解、拍照，让我们如沐春风，自然放松，高质量的宣传剧照便在不经意间完成了。主编外出采编，姗姗来迟，只是与臆想中的形象反差太大了：臆想中的美女主编是个高挑挺拔的北方职业女性形象，这是基于其标准清脆快捷自信的普通话形成的印象；现实中的美女主编娇小玲珑，温婉柔媚，地道的江南女子身段，口罩外露出的眼睛神似费雯丽的眼，让人一时回不过神，想到由她从海量的资料中整理出的采访提纲，那么地专业，那么地精道，那么地与其自身所学专业不搭界，怎么也想不通这个内敛娇弱女孩是如何胜任这份高强度的劳心工作的；制片人简直就是个大明星，不仅高大帅气，且极具亲和力，节目录制前亲临演播室探望、交流，营造出一种愉悦松弛的氛围；主持人张越是大名人，一点也不端架子，正式录制节目前，张越老师与我有个简短的交流，我正求之不得，急切地就即将采访的内容作表述上的征询，实则是为减压，毕竟是第一次上央视，罩身在演播室的灯光下，面对全方位无死角的拍摄，有种无处遁形的无措，思维几乎停摆。张越老师自然深谙采访之道，不动声色间循循善诱，我终于很放松地靠在了椅子的曲卵形靠背上，张越老师看在眼里，笑着提醒：不能这样坐，靠在靠背上，人就窝进去了，录出的像就萎了，只能这么坐，边说边示范，腰身挺直，屁股坐椅子的一半，最后，总结性地像是安慰又像是感叹道："好看的都不好受！"

这看似很自然、很随意也很应景的一句话，道出的却是人生的真谛：外在的看穿着看化妆，内在的看身材看体貌，隐晦的看职业看人生，无不印证这一句话，人生积淀，大道至简，让你不得不佩服。

返程中我与同事聊起张越的这句话，眼前就晃过朋友已开始花白的头发，晃过栏目组工作间的案牍，晃过走廊那一溜溜的沙发，晃过那或急或缓人员依稀浮动的咖啡间，我们不仅感慨，在央视工作虽是光鲜，压力也是山大啊！同时意识到，栏目组的这些人，不过是央视群体的代表，水深不响，窥斑见豹，大众之所以能够看到高质量的各种题材的央视节目，正是因有这么一群看似光鲜却勤勉自律的高素质央视人，在那儿玩儿命打造、辛苦耕耘、奋力引领着大众的精神高地。

央视，真的不简单！

辑二 静观花鸟

神奇梦幻紫藤岭

真不知如何描绘紫藤岭紫藤花开的场景，既非一片片的，也非一蓬蓬的；既非一串串的，也非一簇簇的；既非一味地攀缘、垂挂，也非自然的匍匐、缠绕；既非集中于平地之上，也非散布于谷地之间。漫山的嶙峋怪石之上，疏朗的南酸枣树之间，紫藤横穿漫衍，无序地圈扯出一个场景，远看不见其踪，近看则会左顾右盼、目不暇接，喜庆而无声的喧嚣氛围带给你的是诧异与惊喜。

紫藤花花串密密实实地萌生于遒劲的藤茎之面，纷垂于藤茎之下，不像葡萄或其他藤蔓植物的花簇，于叶腋处一串串的间隔而生，倒像是人工扎成的不留间隙的花挂，密密匝匝地簇聚藤茎下，显得拥挤、奢靡而不真实。单行的穿挂于两树主干之间或悬游于山石之上的紫藤，除了惊艳，更让人愕然，怎么也想不明白这种长距离的无依托的悬浮式飞渡、穿行是怎样做到的，看上去更像是人为拉上的彩带；两股三股攀附纠缠于两树、三树之间的，则像人工扎就的花的拱门，因花簇的交汇、叠加，拱门就被妆成粗粗的花柱，十分俗艳与喜气。

而这些或许是几枝或几簇的藤蔓，不规则地顺山势铺排成的四五个层级，依山傍势层层递进，像是山神的婚典，盛大而张扬。

同行的林场的朋友很专业地介绍，这可不是一般的紫藤，学名叫作禾雀花，属国家二类保护植物，因形似禾雀而得名。禾雀花属热带、亚热带植物，喜温暖湿润气候，多生于"两广"，野生的在湖北地区还是首次发现。禾雀花要达30年树龄才会开花，以绿色、粉色为常见，紫色的就比较稀少，特别珍贵。我们这紫藤，都是胳膊粗细，正值盛年，花就开得格外稠密。看到大家兴致盎然，朋友适时讲起了有关禾雀花的传说：相传很久以前的一个秋日，神仙铁拐李路过李家山，也就是现在的紫藤岭，看见山脚下一老农拿着扫把不停地从农田的这头跑到那头，赶着一大群在农田里吃谷子的麻雀，这边没赶完那边又落下一大群，老农气喘吁吁，既恨又急，却也无能为力。铁拐李在一旁看着可怜，便随手捡起一根藤条一扔，口中念道"收"，一个个麻雀瞬间被吸附在藤条上，挂了林间。从那以后，没有了偷吃稻谷的麻雀，却多了惹人怜爱的禾雀花……

被故事所吸引，大家都格外用心地观察起紫藤花来。的确，禾雀花外形奇特，花开四瓣，花托就像是禾雀的头部，两旁各有一粒酷似眼睛的小黑点，正中的一瓣，弯弓像雀背，两侧的花瓣像雀翼，底瓣后伸像尾巴，看上去像随时会展翅飞翔的禾雀，可谓形神兼备，栩栩如生。

难怪在这偏远、寂静的山岭中有一种无声的热闹与喧嚣感，原来正是这盛开的禾雀花如千鸟归巢、万鸟栖枝，营造出的一派闹腾腾的景象啊！

朋友们不能免俗，加入拍照或自拍的行列。集体照是难拍的，因山岭之上没有一处平坦之地，但顺着山势，攀着那悬浮的藤蔓的多人排列，倒成就了一道拔河式的特别风景；倚着"拱门"的男女照，则像是结婚照了，年轻的男女多了，打趣得就十分热闹；更多的是玩手机自拍的，如今自拍神器随身带，两人、三人挤一块儿，怎么抚弄也无妨。而所有这些拍照或观赏的游人，置身这绿荫隐掩、紫藤圈彩的梯次场景中，像是专为婚庆捧场而来，不自觉中充当了"山神"婚庆场上的宾客，平添了人气与实感。我猜想，若远观此景，定如观赏一幅挂轴，会感叹这场景亦真亦幻的玄妙。

下山途中，朋友悄悄告诉我：传说只是噱头，实际上，现在的紫藤岭，多年前只是一座荒山，紫藤应该就匍匐湮没在荒草间无人问津。二十世纪八十年代初，陆水林场搞植树造林，烧了荒山上的芭茅，紫藤也付之一炬。不承想，事隔三十多年，当年植于石缝中的南酸枣苗长成了二十多米高的成材林，而紫藤也蔓延成了一片风景。

我忽然明白，紫藤怎么能长距离飞渡悬牵了。灰烬中重新萌发的紫藤，当初必然也是匍匐于地的，因与当时尚是幼苗的南酸枣树纠缠并共同生长，被成长中的南酸枣树不断抬升，才形成了现在这种看似不可能的长距离悬空穿挂景观。看来，大自然无奇不有却也是有规律可循的，至少是有缘由的。紫藤岭紫藤悬空穿绕之奇，看似不可能，但还原其生存的特定环境，一切也就豁然开朗了。

返程中我再次回眸，翠绿弥漫的山岭中隐约有万千禾雀在盘旋、欢唱。

天籁缥缈，当是庆典进行时！

难忘海岛"马尾松"

　　一直以为它叫"马尾松",因为其枝梢像极马尾,又约略知道有马尾松这么一种植物,所以极主观地对号入座了。

　　一直又心存疑虑,因为松类多沧桑遒劲、冷傲生硬、宁折不弯,而它却总是随风赋形,俊秀飘逸,动感十足,完全不似一个种属的特性。

　　一直记忆深刻,却又始终未睹其真容。记得是小学素描课画过的,因其外形的漂亮,还因为特别容易上手,它成了少时的我特别钟爱的素描对象。

　　而真正得见其真面目,是几年前的夏天。一家人去涠洲岛旅游，登上海岛，全然不见期待中的热带植被的丰茂与润泽，虽也是满岛的绿，但树木是出乎意料地瘦羸委琐，连最具代表性的热带树种——细叶榕，也是干弱枝少、树叶稀疏，像营养不良的少年，倦怠而慵懒，让人不忍卒视。但时不时会有一个清朗俊逸的身影在路旁招摇而过，那是真真切切的玉树临风，让人眼睛一亮，啊，那是"马尾松"，我记忆深处的"马尾松"！

兴奋地追问接站的司机，这树是不是"马尾松"？司机却不置可否，很是不屑地说：这树材质不好，没什么用，口气颇似庄子寓言中那鄙夷"散木"的石木匠。司机为海岛原住民，没读过几年书，自然是没读过庄子的，这认知显然是来源于生活、来源于传承，居然与石木匠"同唱一曲"，可见，这"马尾松"在岛民心目中的地位实同于"散木"。

我不禁有些不快，唯美的记忆，现实的巧遇，这难得的可遇不可求的兴奋即刻遭遇唾弃，心中有些不甘……

虽然庄子对"散木"给予的是正面的评价，但我最不能认同的恰恰是庄子在"散木"身上寄予的肯定意义呀！

"散木"的"无用之用"，除了成全其"寿"，实在看不出其存在的价值，其所谓"大用"不过是"大蔽数千牛"，这与它消耗占用的地力比实在是微不足道、得不偿失，而因长寿成为朝圣对象，那更是时代的局限与荒谬。但这"无用之用"成了多少苟且之人偷安的借口与伦理庇护，让多少国人失了血性，代代相传的结果是这个民族多了奴性，少了英气，战乱则尤甚。可见，庄子思想作为中国传统文化重要成分之一种，其糟粕也同样深入国人骨髓，殃及国人久矣。

我不禁为"马尾松"的无用而哀叹，空有一副好皮囊啊，这与"金玉其外，败絮其中"又有何区别？

好在我辈非哲人，来海岛的目的不在于思辨，这不期而来的纠结就随它去吧，我只好这样宽慰自己。

小岛虽然贫瘠，但盛产香蕉，大概能耐盐碱的缘故吧，下榻之处就有成片的蕉林环绕。香蕉属草本科植物，茎秆看似壮硕，实为叶茎包裹，十分易折，纳闷这不大的孤岛之上，海风肆虐，它是怎么立足的？

带着狐疑沿着蕉林间人工拓出的弯曲小径向海边行走，约300米处是蕉林的尽头，紧伴蕉林的是一些密密的叫不出名的热带杂木，有樟树、细叶榕夹杂在外围，围成绿色的天然篱笆，最外层近海处是高大飘逸的熟悉身影，我的近视眼终于也看清楚了，那不是"马尾松"吗？密密的好几层，站成并不规则的行列，虽摇头晃脑的不严肃，但已然成阵成势，为绿树篱笆提供了数重坚不可摧的挡风栅。再看"马尾松"林外，是寸草不生的沙滩，海浪在不远处喧嚣。

我先是愕然而后窘然，不是说它是无用之木吗？这有用无用之间是何评判标准呢？没有"马尾松"的挺身护挡，那绿篱能成势吗？香蕉那脆弱之躯能成林吗？防风固沙正是它的大用啊！

这与"散木"的"无用之用"何其不同！"散木"是苟且而活，活着苟且，终未见其大用。"马尾松"，它可是斗士，一线的斗士，潇洒而顽强，顶风固沙不屈不挠啊！

我不由得再次近距离打量这"马尾松"，是的，它潇洒、它放浪不羁，一点也不像一名斗士。但它扎定根基不折不挠的劲头，正像传说中南斯拉夫的士兵，看似松松垮垮却不乏韧性与战斗力。正是这"无用"之木，衰减了强劲海风的摧枯拉朽之势，庇佑这并不高阔的海岛上绿被成荫。

返程后的第一桩事就是网上查询"马尾松"的资料，对比之后才知道，马尾松就是我们常见的可以做火把、割松油的油松，之前我认定的"马尾松"显然属于错贴"标签"了。哂笑之余，一时不知从何查起，但仍不甘心，描绘了特征托从事园林的朋友查证，朋友刻意问了在何处所见，果然是搞专业的，第二天就传过来资料。原来此树学名叫"木麻黄"，别名"马毛树"或"驳骨树"，主要分布于广东、广西、浙江、福建等沿海地带，具有耐干旱、耐盐碱、抗风沙的特性，是热带海岸防风固沙的优良先锋树种。其木材坚重，但有易受虫蛀、易变形、开裂等缺点，经防虫、防腐处理后可作枕木、船底板及建筑材料等；枝叶可入药，用于治疗疝气、寒湿泄泻、慢性咳嗽；幼嫩枝叶可为牲畜饲料。这样看来，马毛树不是无用而是全身是宝，只是当地人没有认知罢了。我不禁暗自为马毛树庆幸，幸亏"无用"，否则命运可就难测了，其无用之外的大用也可能难有机会展示了。

几年过去了，游历涠洲岛时的记忆已经模糊了，唯有"马尾松"的高大身影时时在脑海中浮现。

对了，第一闪念间还唤作"马尾松"！

牡丹缘

　　少时爱花，多缘于一种闲愁，总想从花语中读出一些象征意象，寄托一种若有若无的情丝，是类似于"爱上层楼，欲赋新词强说愁"一般的情愫。但寻常的几钵花，翻来覆去地倒腾，终归失了新意。及至读到刘禹锡咏牡丹的诗："庭前芍药妖无格，池上芙蕖净少情。唯有牡丹真国色，花开时节动京城"，好是震撼，一袭花开，居然引发倾城之动，这是何等的魅力，何等的妖娆？不由得激起我对牡丹的无穷仰慕。

　　恰此时，蒋大为的《牡丹之歌》唱响大江南北，于我可谓是因缘际会。歌词传达出的强大信息表明：牡丹，不仅仅是娇媚与富贵的代名词，还蕴含有气节坚韧之秉性。这进一步加深了我对牡丹的迷恋。

然而，江南无牡丹，信息闭塞的当年也根本无从搜寻关于牡丹种苗的信息，望着专门买来的《花卉种植》一书，只能是抚书兴叹。

时序更迭，时代飞速发展，信息产业的腾飞也大大推动了旅游业的发展，史上曾名满天下的洛阳牡丹终于被媒体轰轰烈烈地推送至大众视野，到洛阳看牡丹成了二十一世纪初期的时尚之旅。同学们也来相约了，去与不去却成了问题，说去吧，一个大老爷们儿混迹于一群女士中间去看花，多少有些酸不拉叽的；说不去吧，这曾经触动心灵并留下遗憾的花中之魁，至今还未曾一睹其真容，岂不是再添遗憾？但权衡两三，为避免背"娘炮"之名，我还是选择了让遗憾继续。

前年，购得一处带院落的房子，反复审度，装修前的第一桩事，就是拜托朋友画了一幅牡丹图，嵌入玄关处，绿瘦花浓，雍容典雅，顿觉入室生辉，来客多有好评，算是圆了我的牡丹梦。

去年，偶听朋友说起，家乡建牡丹园了，游客还真不少。我不禁疑惑，不是江南不产牡丹的吗，怎么还建起牡丹园了？朋友晒笑，你翻的是哪页黄历，什么年代了？现在好多地方都种牡丹了。不敢不信，毕竟是朋友亲眼所见，更何况过去许多不可能的事情，现在都成为可能、变成现实了，区区植物的移植，应该不是问题，但不自觉中还是敲开了"度娘"，果然，全国有20多个省份都可以种植牡丹了，江南地区自然不在例外。

既然天时不再是问题，又有现成的院子，"人和"岂能成为障碍？这坚定了我一定要种上一两株牡丹的决心。接下来是托人挖取了两棵带着大土球的成树，房前屋后各一株，于当年十一月份栽了。

关注牡丹的生长变化自然也成了我生活的一部分，初栽下的牡丹已是残叶落尽，只剩三五根枯枝似的主干兀自杵着，干瘪而孤单，给人风烛残年的感觉，暗自比较，仅比败荷强那么一丁点。整个冬天，那仅能显现牡丹生命迹象的芽苞也是暗红中覆着死灰，让人担心它是否还活着，但二月的杨柳风一吹，牡丹的芽开始迅速膨胀、变红、变潮，慢慢地，芽苞终于撑开了，像极了香椿的芽叶，不同的是每个大的芽苞间都藏着一个花苞，起先只是像叶片裹着的微缩版的火龙果夹在芽叶间，但很快地抽茎，脱开芽叶的包裹出落成小蒜头模样，继续地膨大，长成了小型的荷包状花苞。到了四月初，花苞顶端开裂，露出几道红的边绒，渐渐地，绿色的花托外翻，红色的花绒日见胀鼓。四月上旬的一天，天气晴好，牡丹便大部分开了，一株丹炉红，一株璎珞宝珠。丹炉红重瓣，瓣瓣如蝶，轻盈而富动感，瓣与瓣之间曲张交错、完美搭配，外形上没见过能有与之媲美的花了，花色纯正、热烈奔放，犹如烧得正旺的炭火，"丹炉红"该是因此而得名的吧；璎珞宝珠浅红，属楼子台阁型，花心突起，重重叠叠，尽显雍容华贵，花盘硕大，花径足有15厘米，是我见过的花中花盘最大的，很奇怪这并不硕大的花苞是怎样孕育出如此硕大的花盘的。

早晚间，花的形态也各有不同。傍晚时分，花盘开始闭合，像含羞的少女，低眉顺眼，犹抱琵琶半遮面；清晨，花儿又抖着露珠舒展，宛如我三岁外孙的笑脸，你甚至可以听到它铜铃般咯咯咯的笑声。

朋友笑我，这下可好，室内室外都是牡丹，你是生活在花丛中了。不经意间的一句戏谑提醒我，一段时间，我是沉迷于室外的牡丹而冷落室内的牡丹了。

暗自思忖，其实无意冷落，只是实物与画作之间到底还是不同，这不同不是好与坏的差别，不是情趣的差别，而是短暂与永久的差别。鲜活的生命往往短暂，所以，尤其值得珍惜。画作是永久的（这永久虽然也是相对的），记起时即可一饱眼福，鲜活的则不可以，过了花期，你得再盼上一整年。

珍爱着永久的，守候着短暂的，不自觉间作出的选择看来也不失为一种生存的哲学。

我爱牡丹。

趣话"二梅"

素爱腊梅，因腊梅的孤傲，腊梅的静雅，腊梅的馨香，腊梅的坚韧与内敛，还因儿时的记忆——一种老朋友似的感情。

记得小学时校园内有棵腊梅，总是在最冷的季节开放，一年冬天下冻雨，一朵朵盛开或半开的腊梅完全被冻雨封住了，成了一颗颗晶莹剔透的彩芯玻璃球，煞是好看，禁不住偷偷攀摘了几颗放在棉袄口袋里，回到家里却只见残花不见冰球，而口袋却濡湿了一片，一时颇为失落与懊恼，但从此便与腊梅结了缘，每到腊梅花开时节，总会四处寻芳、缱绻流连。

去年，换了处带院落的房子，我便于房前房后的墙角处刻意地种上了两株腊梅，算是了却一桩夙愿，而定位于墙角自然是因了那"墙角数枝梅"的诗句。

一到冬天，我就急切地盼着腊梅的绽放，盼着那黄昏里浮动起暗香，但耐寒的树木就是有韧劲，不但不见花苞，连叶子都未脱尽。日日的观望中挨到了三九天，腊梅的花骨朵儿才长成了玉米粒，一夜紧似一夜的朔风，带来一场江南已是少见的大雪，腊梅终于盛开了，是为了展示傲霜斗雪的品性，还是为了与风雪千年的约定？不得而知，但足以凸显这腊梅与雪的缘了。香确实有了，在似有似无间，与你捉着迷藏，刻意去嗅，却又没了，无意间的进出，又总有浓浓的香气沁入肺腑。小外孙也来凑热闹了，够不着花，就要抱着凑近了闻，觉得不过瘾，便伸出小手去捏，湿湿的、滑滑的，再凑到鼻子下面闻：哇，好香，还有甜味呢。不能不香，沾着腊梅的汁液呢，躲都躲不开了，甜，还是头一次听说，细细地体味，馨香中还真有那么一丝甜腻的味道，难怪都说小孩子精灵，他们的感觉才最是纯真、最是直观，也最是准确的。

无视春梅，因其大众、因其喧嚣、因其艳俗，因其大大咧咧的个性。

曾经十分诧异，仅仅花开时序上的先后之别，这对姊妹花性格差异怎么这么大呢？

但因缘际会，因某一事件或机缘，人们可能会对已经形成定论或陈见的某一事物的认知产生逆转，我对春梅的印象正是如此。

也是去年，那是在除夕之日的上午，我推开大门贴春联，一树盛开的春梅闯入眼帘，满是喜庆闹腾的春色，似乎专为这节庆奔涌而来，令人一震，我一时呆住了，这曾经被我视为艳俗的红，这曾经被我鄙夷的大大咧咧的喧嚣个性，如今看来是那么地妥帖，那么地怡人，那么地恰如其分，那么地动人心弦。我不禁自我责问，那曾经毫不起眼的春梅是一夜之间盛开的吗？平常怎么就没有丁点的察觉？我都干什么去了？这早出晚归的生活会耽误多少事、会错过多少美妙的生活场景？但转而一想，事物都有两面性，在错过或失去的同时却也可能带给人意想不到的惊喜呢！像这春梅，原本是我不怎么喜欢的，但这次形同突如其来的绽放，尤其是在节庆这个特殊时点、周边还是满目萧瑟的环境中的绽放，其带来的视觉、感觉冲击，确实是震撼而具有颠覆性的，一下给我的审美趣味拨了个一百八十度的弯，我终于也喜欢上春梅了。

看到梅花自然会联想到咏梅的诗与词，只是总有些理不清、道不明哪些是吟咏腊梅，哪些是吟咏春梅的。

像陆凯的"江南无所有，聊赠一枝春"这个直观好判断；谢燮的"迎春故早发，独自不疑寒"这个也直接明了；但王安石的"墙角数枝梅，凌寒独自开。遥知不是雪，为有暗香来"，是咏的腊梅还是春梅就不大好判断了。古时咏梅，除了咏其报春之志，也多有咏其不畏严寒之品性的，这首诗独表其凌寒之特性，但耐寒的品性腊梅、春梅皆有而腊梅更甚，便让人无从分辨了。诗中披露的其他线索如暗香，亦是二者皆有，腊梅为甚。至于宜生于墙角者，应该判定为腊梅，这是由其自身的形态条件决定的。但就花色而言，又似乎该认定为春梅，记忆中腊梅只有黄色的，不好"遥知不是雪"了，春梅却有纯白色品种的。林逋的"疏影横斜水清浅，暗香浮动月黄昏"，也不好判断，从形态枝蔓来看，腊梅的枝杆远比春梅稀疏，横斜就更是腊梅的自然特征了，据此似乎应该判定为腊梅。但这只是就自然生长状态下的梅而言，《病梅馆记》一文开篇即借文人画士之口道出：梅以曲为美、梅以疏为美。可见历代人工培植疏影横斜之梅者广而有之，谁知林逋所咏之梅是不是人工造型之春梅呢？只是开句的"众芳摇落独暄妍"，从时序上点明是秋去冬来，应该还不到春梅登场的时候。宋朝诗人杜耒的"寒夜客来茶当酒，竹炉汤沸火初红。寻常一样窗前月，才有梅花便不同"，及陆游的几首咏梅的绝句，没有相应史料，不结合时序、地域等具体语境也是不好判断的。

若没有互联网，没有百度，我可能一直这样懵懂将就。然而，百度太方便，已经成为日常生活的依赖，稍有疑惑便会点击，而点击的结果却让我大跌眼镜：腊梅亦称蜡梅，与梅花是两种不同的植物科系。蜡梅是蜡梅科蜡梅属，而梅花则是蔷薇科李属，两者既不同科也不同属，只是因为两者都有一个"梅"字，都是先开花后长叶，又都具有芳香气，而且都是冬春季开花，所以不少人常常误认为是同一品种。

而我，是典型的将其误读为一个家族孪生姊妹的爱"梅"人。

接下来的疑问是，古人是不是也如我一般并不知晓"二梅"的不同而统而咏之呢？

这时的百度也捉襟见肘了，我却有理由作出盖然性判断：进入现代之前，我国在自然科学领域的研究相对滞后，在《物种起源》传入中国之前，恐怕对动植物也没有"门、纲、目、科、属、种"的分类，据此推断，古人将其当成一个科属品种的可能性更大。

而诗词所咏究竟是腊梅还是梅花，百度给出的答案也难令人信服。

譬如查找吟咏腊梅的诗，就范式地列举了上述王安石、谢燮的咏梅诗，与本人见地大有不同，很多明显是咏报春之志的，也列入其中，实在不敢苟同。我揣测，很可能是凭感觉的归类，并无史料佐证。

时光回溯，想到古时那些文人墨客也如我等一般懵懂，并不清楚腊梅与梅花的不同，概而视之为"梅"，因时因地见之则咏之，而南北地域的差异，花开时序上的错位，就导致后人更难依据诗词本身披露的有限线索作出准确判断了。我非考据之人，喜欢的只是梅花和咏梅的诗，只要诗、境吻合便会见景生情，这是诗与景的际会，是意境与意象的唱和，迷蒙、懵懂正是其中真意！怎能节外生枝破坏意象去辨它咏的是哪一种呢？这样一想，面对那些"理不清""道不明"也就释然了。

紫藤非藤

大凡有些浪漫情怀的人都会喜欢紫藤，不仅因为紫藤的花语及其附随的美丽传说，单就紫藤花开营造出的浪漫气息就足以让人迷醉。紫藤进入我的视野并引发关注自然是有很深的缘，得出"紫藤非藤"的结论也绝非痴言诳语。

初识紫藤还是在"不识愁滋味"的年龄，暮春时节的一个周末，几个同学相约赴牛头山踏青，一路山青水绿，春意阑珊，正在感叹绿肥红瘦时，山坳处一阵槐香袭来，抬头间，忽见陡壁间垂下一幕紫色花瀑，形似槐花，但呈挂状分布。花是紫色的，渲染出一种迷离浪漫的情调，不知是花香还是特定的氛围所致，几个叽叽喳喳的少年竟一时痴迷无语。

之后见过的紫藤就多了，容易触发记忆的缘故吧，其形态要么是与大树绞缠在一起，要么是铺陈于人工搭建的花架之上。曾经在电脑上见过一张作为屏保的日本紫藤谷照片，是由紫藤铺陈的隧道形通道，美得让人窒息。

所有这些由名而形的东西给我的印象都是：紫藤是典型的藤蔓植物，顾名思义，毋庸置疑。然而，自从我自己种植了紫藤，便对紫藤又有了新的认知。

初种紫藤，是在山野挖取的根茎。一个仲春的上午，朋友相约去山野间转转，寻点野生杜鹃做盆景，带了简单的工具就出发了。杜鹃确实多，但中意的难找，有中意的，简单的工具又根本奈何不了（杜鹃丛生，根深而木质坚硬），无意中碰到缠绕在树间的两株盛开的紫藤，就顺手牵羊截取了老根。

寸许粗的老藤，种在花盆里，当年就抽了新茎，顺着防盗网上攀，然而随后的两年里也未见花开，知道是花盆太小、营养不够的缘故，遂将其移植在楼下小区的围墙旁，但不久即被人顺走。这时的紫藤印象依然是攀缘缠绕的藤。

再次种植紫藤是换了新房后，有了自己的院落，恰好院里又挖了地窖，地窖出口采用开放式棚顶通道，考虑棚顶的遮阳及美化，便在棚顶侧面种植了一株凌霄、一株紫藤。凌霄是典型的藤蔓植物，一味地匍匐攀缘，叶茎间还会生出气根，随处生根固茎。紫藤的生长却大出意料，原以为它也会顺势铺满棚顶的，它却是挺着几根柔弱的枝蔓往上翘，枝叶发得多的时候，恰好有几场雨，打得它贴着棚顶了，雨后再看，它又翘起来了。一度十分不解，不是藤蔓植物吗，不就应该匍匐攀缘吗？我们家这株怎么就特别地另类，特别地桀骜不驯了呢？百度也没能找到答案。但答案肯定有，不外乎环境，不外乎生命的本能，带着疑问，我便作了更细致的探寻与思考。

太阳底下的观察一无所获，顺手捡拾棚顶木格里的落叶，无意间触碰到棚顶玻璃，极烫，我蓦然醒悟，答案有了，原来这玻璃棚顶在太阳的炙烤下，吸收了大量的热量，成了一个热的辐射板，紫藤柔弱的蔓为避免灼伤，在热力的辐射下，只有一个劲地上扬再上扬，以致两年后长成了倒置的伞状形灌木。虽然新发的茎蔓依然柔弱，但其应对之策是加快老茎的木质化，以此来支撑新的茎蔓。奇怪的是同样环境下的凌霄却不避风险，依然故我地攀缘爬行于玻璃棚顶的木格之上，承受着可能被烘焦的危险。这大概是藤蔓与非藤蔓植物的本质区别，藤蔓植物生性柔弱，只能是匍匐缠绕，明知风险也无力回避，而像紫藤这种介于藤蔓与非藤蔓之间的植物，一旦生存条件发生改变或恶化，它会选择更有利于自身生存生长的方式，尽管它攀依的秉性未变，但它能及时地作出调适，这是生命的本能，也是对适者生存的最好诠释。

在感叹自然界奇妙的同时，我自然联想到子女的成长真像极了这紫藤。小孩子成长之初也曾何其柔弱，他们总是依偎、缠绵，而大多数父母也是乐于呵护，不忍放手，总是千方百计为其铺设前景，就像给藤蔓提供类似花架或树木的支撑，到头来，形成的也就是个缠绕依附的关系，子女也因此难以全面超越父母。相反，放手与施压正像这生存于不利环境中的紫藤，恰恰利于其独立个体与独立品格的塑造，这正是那些生存于逆境中的农村孩子的生动写照。

想到此，我再次移目注视这株神奇另类的紫藤，它新发的茎蔓有的像问号直指苍穹，是在向天发问？有的像螳臂向前挥舞，是想逮住什么？有的前伸后向上折返，是在召唤向它看齐？也有个别两三根绞在一起向前冲的，是在宣示团结的力量？微风中众茎蔓晃动的符号似乎皆是隐喻，它们似乎是在参加一场盛会，一场关于生命本能的辩论。

我不得不再次感叹，我们自以为熟悉的大自然总是那么地陌生与神奇。

紫藤，它居然不是藤蔓植物！

野草的逆袭

　　十一长假，恰逢绵长雨季，人都憋得快要发霉了，假日最后一天天公终于开颜，但欢欣雀跃之余已失了出门之兴致，院子里蹦跶蹦跶、伸伸腿脚、舒展舒展身体倒是源自身体最原始的冲动。温度明显回升，空气被水洗过后，阳光就格外通透，满院子的绿格外养眼，与去年比，更显丰茂。桂花刚谢，樱桃的叶子照例已染上锈渍，柚子比去年结得多了许多，火棘球已经开始变红了，栀子有了几片黄叶，枸骨子也在变红，不经意间一株类似野菊的植物闯入眼帘，是从栀子与枸骨紧挨的缝隙间窜出的，长得已超过栀子，与枸骨齐高了，细密的分枝尖上小簇的黄色花苞已绽开，我十分纳闷，半月前我与妻还仔细除过草，怎么还有漏网之鱼？草棵间会不会还有漏网的？近视的我低头逡巡之下，发现有星星点点的蓝紫色的、黄色的小花或成簇或孤单地颤巍巍地开着，蹲下身仔细搜寻，还发现有常见的孤零零的穗穗如芝麻粒的野草，有已经开始结籽的似乎从未见过的叫不出名的野草。好在手机万能，"识花君"可以帮助辨识：那一丛一丛开着的像微型扁平女娃脸般有些阵势的紫色小花是爵床，那单丛或独株摇曳着紫色小喇叭的是益母草，那与玉龙草纠缠在一起开着黄色小花的是酢浆草，那单枝孑然穗穗如芝麻粒的是蓼花，那已经结籽呈等三角状张开菜荚的是堇菜，至于那冲得高高的像野菊的是金钮扣，为菊科千日菊属。除了金钮扣，这些野草一律矮小、精致，尤其在久雨初晴后，正是"细雨湿流光"，显得格外地精神、靓丽，属典型的小家碧玉型，十分招人怜爱。野草花不仅悦目，"识花君"告诉我，它们都还有着不小的医用价值：爵床具有阴寒清利、活血止痛功效，主治感冒发热、咳嗽、咽喉肿痛、泄痢、跌打损伤、毒蛇咬伤等；益母草，顾名思义，其功能就直白了，是妇科良药，并且兼具其他功效；酢浆草是一种酸寒性中草药，具有清热解毒、散结消肿作用，常用于治疗痤疮、脓肿、疖子；蓼花可祛风除湿、清热解毒、活血、截疟；堇菜是一种药用价值极高的中药材，能消热解毒、消肿止痛；金钮扣味辛性温无毒，内服散气解毒，外用消肿止痛。如此看来，这满院子曾被赶尽杀绝的野草，样样都是宝贝疙瘩啊，尤其在这百花凋谢的季节，它们不声不响，以自己独特的雅致与柔美装点这院子，犹如地毯上的提花，给这时节颇显单调的院落平添绚丽之美，这完全颠覆了我对野草的看法，之前可是讨厌至极、除之而后快啊。

讨厌自然是有缘由的，也似乎是理直气壮的。在城区能拥有一处小院落已是弥足珍贵，满院毫无保留地种上绿植更是奢举，然而在精致的玉龙草和百慕达草中间，总会冒出各种野草，蓬乱之状显逆初衷，扯草、剪草便成了业余生活的负担。然而野草生命力又极强，从春到秋，总是扯不完、剪还乱，偶尔偷懒或因天气原因，放任它十天半月不清理，院子就会乱得像疯子的头发，妻为此总是恨恨地喋喋不休、咬牙切齿，与这疯长的野草较上了劲，专门购置了简易刘草机加以对付。

如同我们这般不过是个缩影，无论城市与农村，对待野草都是同一个心态——除之而后快。城市的野草总是在不断的洁城运动中被铲除、被清理。农村尤甚，因为影响到作物的生长，除草的内在动力就更足，办法就更多、更极端，除了耕、犁、锄、拔等传统方式，现在更多地用上了除草剂，省事又彻底。野草，在人类野蛮、残酷而绞尽脑汁的清剿下似乎无处安生。

然而，野草又无处不在，与人类捉着迷藏，田埂上、农作物间、沟河堤坝之上，城市的绿化带里，还有那偶尔裸露在外的土石之上，随时会出现它们的身影。你刚铲罢、拔罢，没几天，它们又钻出来了，遇到连续的雨天无人管束，它们会变本加厉疯长成片、自成风景，让人自叹奈何。

这不，十多天连续的雨天，那曾被刈草机剃得齐刷刷的草皮间，倏忽就冒出了这星星点点、成簇成景的野草花，让人惊叹，也给人意外之喜。

得感谢这连续的雨天，否则，在我们的勤快之下，恐难出现这一难得的景致，也无由认知这些低微生命的价值。看来，讨厌的事物并非没有意义，有如这连续的雨天，它阻挠了人们正常的活动，却恰恰给了一些事物或生命以喘息之机，让我们有机会看到这世界本来的样子；亦有如这野草，它的疯长侵扰了人们精心培育呵护的"家"草，却能在百花凋零之际展示生机，填补自然之空白，还于碍眼之处，孕育着救治生命之潜能。"讨厌"，这主观的感受与喜好多么可怕，不经意间会错过或扼杀多少生命或有意义的事物。

存在即合理，生命随处都是风景。加入人为的因素多了，通常会更显精致，但会变了味道，呼唤野性有时就会成为现代人内心的一种癫狂。

妻又要启动新一轮拔草运动，被我劝止了，"识花君"的分享加上我的感悟，妻也不得不点头。

这回，是野草赢了。

冬日的园子

　　江南的冬天既不同于南方的依旧满目滴翠，也迥异于北方的满目萧瑟苍凉，多是长青树与落叶树互生，视野所及，正显疏朗与旷达。

　　自家的园子是自然风景的浓缩却又有所不同，因世俗的偏见或人为喜好，常绿树就栽得更多一些，绿就占据了绝对优势。尽管如此，冬日的园子还是明显地瘦了，不仅仅是因落叶树脱下了厚重的外衣，更因那填满旮旯旮旯怎么扯也扯不完的杂草、藤蔓的最终消停，才最大限度地拓宽了视觉空间，原来是分不清界线、无法透视的拥挤，现在是间距分明、一览无余的通透，泥土地面终于也暴露了，接受着光与雨的抚慰与滋润。

江南的冬天，阴、晴、雨、雪皆为常态，前三者的占比也大致相当，雪就比较少了，最受欢迎的自然是晴天，可遇不可求的是雪天，躲不过去的是阴、雨天，各种气象下的园子也因天公的脸色或抑或欢、情趣各异。

阴天的园子显得索然无味。本来就冷的天，因天公这一阴沉的脸，更是肃瑟到了骨子，幸而有风的日子不多，否则更是多出了一种凄凉的味道。园子虽有栅栏，其实与园外无法阻绝，但阴天的栅栏倒真像是一堵实墙，偶尔经过的路人，都将衣领竖得高高的，或是将围脖绕得紧紧的，行色匆匆中绝不旁顾斜视，与另外三季的驻足顾盼形成鲜明对比。但园子里终是有抢眼的，不惧严寒的茶梅花在静静绽放，在阴冷中产生燃烧般的效果；枇杷的花虽不成型，却显出难得的生机；也有鸟的身影在窜动，偶尔也听得叫声，落叶间是否藏有什么诱饵美食就不得而知了。

雨天的园子是寥落的，连平日叽喳不休的鸟声也收藏了，鸟儿大约怕湿了羽翼，抗不住寒，所以遁形。

江南的雨天出奇地冷，因为陡然增大了的湿度，这是无论南方人还是北方人都无法适应的冷，江南人虽然耐受，但更乐意赖在房间烤火、玩牌或吹牛，自然没人愿在雨中徜徉或伫立，这时候的静是一种实实在在的落寞。但只要得空，我依然会去园中逡巡，撑着雨伞去看腊梅的蕾、看茶花的苞，看蓝莓的芽，寻觅池子里龟的踪影……窥探冬日里的生命迹象，欣慰着几种耐寒植物一丁点的变化。

下雪天的园子是一道风景，甚至可以说是一道罕见的风景。江南的雪天已很少见，即便下了，也难积存，但偶尔也会有惊喜。

雪天的早晨多是被急促的鸟叫声吵醒的，与平常婉尔的啁啾和鸣不同，这是一个群体呼啸着过来的、喳喳喳的一片吵叫，是急切还是欢快不好判断，也许兼而有之，有觅食的急切，有寻得一处烟火人家的欢快？但喧嚣过后的园子愈显静谧，白色海绵般的地面上仅余几行鸟爪印，静寂中颇显几分神秘，与错落有致的雕栏玉树一道，衬着园内常绿树树冠撑出的白皑皑的蘑菇小群落，恰似一个灵动的童话世界，让人不忍惊扰。

户外的喧嚣通过微信频频传来，搭雪人的，打雪仗的，登山赏景的，但我就是迟迟不愿出门，舍不得踏破那一小爿完整与宁静。

晴朗的冬日不仅人心欢快，连鸟儿都是欢畅的，清晨的啁啾声就启动得更早。

尽管早晨的阳光尚属清冷，但格外地晃眼，以至于墙角、坡地转折处都衍射出一层金光。

懒觉不敢睡，冬阳金贵，晒被子是大事，园子的空地上撑开晒衣架，不够用，人字梯也用上了，两梯之间搭上竹杆，比晒衣架管用多了，园子也因铺排开的晒场而平添了暖意。

午觉自然是睡不成了，在暖阳下打盹儿却也是件十分惬意的事情，但头上一定要戴上帽子或裹上毛巾，否则，阳光下头皮蒸腾水汽的影子会让你发怵。

美中不足的是冬日下午的太阳偏斜得早，房子早早地铺下了大片阴影，以至于晾晒的衣被也要追着太阳挪移。

树荫也成了一大妨碍，把本就不大的空间挤压得扁扁的。这时候忽然觉得常绿树其实并不总是可爱，不光遮挡了阳光，其撑着的老绿也好是勉强，易让人联想起看冬泳的感觉，下意识中会徒增几分寒意。这时候反倒觉得落叶树的凋敝不仅没有折煞风景，反而给人一种自然闲适又温暖的感觉。

气象不同，园中的各种树木引人关注的频率也不同，腊梅通常在雪后开，虽然稀疏，却暗香涌动，总能招人驻足。

晴日下的蓝莓尤显特别，虽属落叶灌木，叶却未全脱尽，枝枝丫丫间已冒出的像微缩的蜡笔头样的点点花芽，水灵灵地红，看上去格外地劲爽。阴、雨天需要更亮色的才会引人注目，茶花在整个冬天都不会开，只是花苞在难以察觉地膨大。

冬日的园子，看似少了活力，却自有它的神奇，只要用心，你总是可以捕捉到欣喜，体会到这一特别季节的特殊魅力。

柳之韵　柳之道

柳，很普通，普通得让人视而不见；

柳，很特别，特别得让人或艳羡或惊觉！

这普通与特别之间是静气亦寓禅意。

早春的柳是特别的，像情窦初开的少女，迷离而含羞。

堤岸旁、水塘边，憋过一冬的柳，开始伸展腰肢、梳理秀发了，这是时令尚处在"七九、八九"，其他的落叶乔木还在酣睡、春花尚在蓄势的当头，料峭春寒中柳一翩翩侧目，立即惊艳了整个世界。

柳色迷蒙，如烟含翠，自成风景，在早春的荒凉中不是繁花胜似繁花。加之咏柳、折柳的风习，自古以来，观柳就是一时之盛事，可谓极尽风流。

夏柳是普通的，像人之青壮年，茁壮而酣畅。

长得茂盛，绿得恣意，但因大地满眼的绿，夏柳就混同得杳无形迹了。

然而，浓荫与柳汁为知了群落提供了绝佳的庇护所，蝉噪声就格外地集中与悦耳，便会时常招来路人不经意的一瞥。

乡下的河塘边，柳则成了玩童戏水的跳台与游乐场，搅得午休的时光也支离破碎了。

秋柳也是普通的，像人之中年，平和而内敛。

秋柳亦不为人关注，因为大众、因为平和、因为宠辱不惊。但秋夜引来了更多的柳下幽会的男女，是因初凉，还是欧阳翁"月上柳梢头"的诗意招惹的？

秋柳的绿是照样地浓，虽然添了些许锈色，有了点滴沧桑，但对秋凉似乎并不敏感。

冬柳是特别的，像慈眉善目的老人，祥和而温暖。

走过春夏秋三季，冬柳的脚步慢了下来，似乎开始在思忖什么，坚守什么。

立冬时节，万木开始萧条，柳仍丝毫不见倦态。冬至前后，柳梢才开始泛黄。而三九天的柳就格外地温暖好看了。

落叶树的叶子是早已掉光了，常绿树则硬撑着老绿。河塘旁、堤岸边的柳，因势成形，毛绒绒地连成垄，浑身绿中透黄，黄中泛绿，在冬日晨光、夕照的映衬下，似生着橙绿发亮皮毛的兽，又像人工织就的绚丽围脖，蓬松而温暖，让人忍不住要伸过手去焐焐，与常绿树在感观上形成极大反差。

其实，冬柳更是少人关注，大概冬日的人们已习惯于缩脖赶路或闭门不出吧。

第一次关注冬柳，是几年前游历西湖的时候，那时节已是初冬，感叹无缘"西湖春晓"美景，不无遗憾的晨游中，发现"西湖冬晓"也另是一番胜景，而正是柳树，给西湖的"冬晓"增色不少，在落叶树已是或黄或秃的时节，冬柳依然是青丝披散、婷婷袅袅地依傍在西湖之畔，晨光中，像是西子浣纱，清丽脱俗。那时，才在熟视无睹中惊觉，这个绿得最早的柳，落叶却是最晚的。

柳树浑身是宝，枝条可做柳条筐、柳条椅自不必说；树干可制作家具或造纸也不必说；柳芽可泡茶、可食用，现代人更是不屑了解了；柳花、柳叶、树皮、树根均可入药，而广谱药阿斯匹林中的重要成分正是从柳树中提取的，知者却不一定"广普"吧。

柳树生命力旺盛，任意截取一段枝条，随处扦插即可成活，所谓无心插柳柳成荫并非诳语，儿时的我即试插过。

柳树知性，大多伴水而生，虽然三月间大肆扬花播种，但仍以逐水而居为生存常态，可见深知生命之奥，深谙生存处世之道。

柳树顽强但喜庆，斗三九寒天而不失温情，报春暖早讯而不惧寒流，殿后、冲锋，带给人的总是温馨与欢喜。

如此看来，柳真乃睿智之树、勤勉之树，既能锻造自身成为"全才"，又能大隐于市不卑不亢；既能随遇而安顽强生活，又会择善而居舒心畅意；既会应时而动早生早发，又能耐住严寒更久地彰显生命的活力。而这勤勉的一早一晚之间，缩短的是生命周期中的凋蔽期间，扩展的却是充满活力的生存时空，这又是怎样的一种智慧?

　　四季有时，生命自有周期，兴衰荣枯乃自然之规律、生命之定律，人和自然都无法超越，但柳的生存之道确能给人以启迪。

"燃"过冬季的一串红

　　三九天里，我兴致勃勃地跟朋友们分享我们家户外的那株一串红，到现在还开得旺呢，没有不打着哈哈将信将疑的，很是扫兴。

　　待到五九的第二天，一场酝酿已久的雪终于飘然而至。雪不大，温度也没有完全降下来，一串红的叶面上、花瓣上就粘上了似盐似霜的一播，而盛养一串红的钵子面上就不同了，已铺上松软的一层，把土完全盖住了。拍了照发朋友圈，这回不由你不信！

　　一串红入主我家院落纯属偶然。一直认为草本科植物难以打理，一岁一枯荣嘛，过季则颓废，坏了景致不说，来年又需重新栽培，甚觉麻烦。所以，尽管草本花卉品种繁多、百态千姿，但我家不算小的院落在布局之初就硬是没给草本植物留下丁点空间。

三年前，朋友从外地带回几对石钵，硬要送我一对，只好大门两侧摆了，钵面大（装饰性的），但容积小，装不了多少土，种植木本植物自然不合适。花市上瞅了，随意拎回营养钵培育的两钵石竹、两钵一串红，剪去塑料钵体两两交互一拼，往石钵里塞满，当年就开得红红火火，觉得也是蛮养眼的，但除了浇水，平时并没多管它们。

第二年，石竹、一串红自然萌发，依然顺着自己的季节次序开着，只是明显没有头年的茂盛与精神。

今年春季，石钵里没了石竹的踪影，杂草倒长了不少，细看石钵，右侧的杂生着两枝一串红，左侧的似乎没有，意识到是肥料不够了，三年了，既未施肥又未换土，退化是必然的，于是拔了杂草施了肥，便不管不顾了。

夏初时节，终见左侧的石钵亦萌生出弱弱的一枝一串红。

到了初秋，右侧的那钵一串红按部就班地开放了，而左侧的那株矮矮的未见动静，我又施了些许肥料，并没寄予多少希望，毕竟是季节性植物，过了属于它的季节便意味着结束、意味着死亡。这是"度娘"告诉我的，从"度娘"处还获知，一串红耐寒性差，生长适温在 20—25 摄氏度，15 摄氏度以下停止生长，10 摄氏度以下叶片枯黄脱落。

然而，十月以后，左侧的植株日见健硕起来，在右侧的那两株行将萎顿的十一月初，它终于怒放了，我实在吃惊不小，本该是这种草本花卉凋零的季节，它怎么能够做到逆天而行呢？若在温室之内那是稀松平常，但这是在户外，天是明显地冷了，右侧的那株已如霜打。更想不到的是，面对冬季瑟瑟的脚步，它并未表现出丝毫的倦态与退缩，立冬了、"数九"了，它居然还持续地绽放着，像一簇燃烧着的不灭的火，在严冬中持续地挥发着热情。

什么原因什么机理使然，难道这也是适者生存的法则？若论生存法则，两钵一串红，置于几乎完全相同的生存环境之中，不过是一钵靠左一钵靠右，因房屋阻挡，一边光照略少一丁点而已，同样浇水，同样施肥，差异怎么这么大呢？归结于天气的异常显然不成立，明摆着的两钵对比着，亦没有天气异常的播报。是基因突变抑或别的原因？询问专业从事林木花卉工作的朋友，说应该不是基因突变，但也给不出合理的解释。不甘心，网上继续搜查，资料也是有限的：一串红，原生于巴西、南美，喜欢温暖、阳光充足的环境。网上披露的资料是不是就穷尽了它生存衍化的全部历程？会不会在它的生命进化史上曾经经历过严寒的气候而不为人知，从而在其生命基因中留下记忆，在适当的条件下得以激活并适应当下的恶劣环境？以自身的学识水准而言，这似乎是一种科学的可以解释的可能与原理，毕竟植物的生存进化历史太过悠久，而人类的认知总有它的局限性。这可以很好地解释一串红为了完成自己的生命周期——开花、结果，从而调动了所有的生命潜能，以突破其生存常态，应对极限的挑战。

这是理性的追问，已超越了非专业人士的思考范围。一串红的花语是"恋爱的心"，作为常人，我宁可相信它是为了爱——开花、结果而激发的潜能。

撇开理性的探寻，作为一个正常的感性的人，我深深为小小植株生存之倔强、生命之顽强而震撼。尤其让人肃然起敬的是，它只是个例。同在一个院子里生长的杜鹃花，其生存的状态就截然相反，度过了酷暑煎熬的杜鹃，却因秋冬季没有额外浇水而枯死小半；两株室外的柠檬也是，种在院里好几年了，还是没能适应江南的冬季，在去年的一场大雪中冻毙。它们的潜能呢，它们对生命的执着与渴望呢？对比之下，矫情的生命瞬间失了身价，让我不再哀惋叹息。

我不知道雪后的一串红还能支撑多久，我也不能预知这株度过严冬的一串红春后是从那尚属健硕的主枝上生发新枝而延续新一周期的生命，还是不可避免地走向生命终结。尽管答案指日可期，但我觉得这已经不重要了，重要的是它以自身微小但独特的生命历程展示了自然界的神奇，以逆天之行激发了我对生命、对生存的深沉思考。

一串红，那一簇顽强燃烧着的不灭的火，温暖了整个冬季，也温暖了我的心。

聪明的小鹦鹉

　　我与鹦鹉的缘分不过三个多月，但堪称传奇，不仅让我充分见证了小精灵的聪明与可爱，同时也激发了我去观察、思考并收获启迪。

　　那是在我调离赤壁的前一天的下午，我正在办公室收拾书籍资料，一只漂亮的小鹦鹉飞过来趴在关得严严实实的窗沿外探头探脑左右挪动，很想进来的样子，是迫于严寒、饥渴还是别的什么原因？不得所知。我走过去试探着梭动窗户，果然，小精灵顺着拉开的窗缝，带着寒风就直接扑进来停在了我的臂膀上，并且快速地在手臂上上下移动、摇头晃脑，十分滑稽可爱。这显然是一只养熟了的出逃的鹦鹉，与人亲近一点不见生，任你走动、转动或抬高放低臂膀，它都自如腾挪，回应你的试探与逗乐。但又机警得很，一旦你的手靠得太近，它就飞开了，根本不揣摩你是否真有抓它的意图。同事们的大呼小叫，也未造成惊扰，小鹦鹉见怪不怪，只是转转头斜睨一下来人而已。隔壁的小同事不知从哪儿还弄来了小米，有好事者甚至买来了鸟笼、鸟食，但抓的尝试都被证明是徒劳的。

晚饭后的办公室是漆黑的，小精灵安闲地停歇在书柜上面，在手机的电筒光里一动不动，擒它入笼才不费吹灰之力。

但接下来的两天，小精灵连续演出了两次出逃把戏，好在隆冬时节，家中门窗紧闭，饿了的它还会自行飞到笼子边觅食。奇怪的是笼门是怎么被弄开的，要说第一天出于疏忽，有可能在喂食之后忘了关门，那么第二天就绝不可能再次疏忽了，难道是笼子的钢丝之间缝隙过大，可以挤身过去？还是小精灵真的掌握了打开笼门的决窍？这引发了我极大的好奇。

这是一款十分精致的鸟笼，由细钢丝为经又横拉三条纬线造型焊接而成，底部装有可移动的承接秽物的托盘，正面下方两侧紧挨托盘的位置有两个大小相同、长宽各 4 公分左右的食斗，右方的食斗是用来装水的，斗舌嵌在右下方距离底盘约 5 公分处预留的钢丝缝隙之间，无法挪动，应该是封笼之前就放进去的。在与右下方对应的左下方部位之上留有一长约 4 公分、高约 5 公分的口子（即空出四根约 5 公分长的钢丝经条的位置），是为方便食斗进出的，口子处采用相同的材料，即四根钢丝经条加两根钢丝横条焊定，以与笼身完全相同的间距做成一个门，两根横条钢丝两端长出的部分回折内扣在笼口两边的钢丝上，形成可以上下滑动的笼门，笼门自然下坠看上去即是个完整的笼子，往上推则腾出了口子，可供食斗的进出。笼子的缝隙与经条的硬度足以困住小鹦鹉，唯一的出逃口只能是左侧食斗上方的门，莫非小鹦鹉能叼开这个可以上下滑动的门？这未免也太神奇！

带着疑惑，我仔细揣摩，发觉了一种可能，即小鹦鹉进食时，踩踏在食斗里边的边沿上，产生一种杠杆效应，外侧的斗舌在压力下上翘，将笼门向上推开并卡住，这样小鹦鹉离开食斗后，门也是开的，这应该是在无人为因素下门被开启的终极原因。洞穿这个秘密后，我思忖着在门沿上方回形封口与笼门相接处卡上一枚回形针，这样在回形针自身不足 1.5 公分的空间内，门的上下开合依然不受阻，这个空间小鹦鹉是钻不出去的，但要撑开更多的空间就得依靠外力，因回形针卡入笼条之间的缝隙所产生的滑动障碍不是一只小鹦鹉自身重量产生的杠杆力量可以推动的。

接下来的三个月果然相安无事。得闲时分，我会与小鹦鹉交流，逗它玩，也因此有了许多值得称道甚至吃惊的新发现。

小鹦鹉极通人性，懂得与人互动，伸手过去逗它，它会立即扑过来用尖锐的喙啄你的手指，但不痛，大概知道把握力度，反反复复唧唧叫着换着角度啄，产生挠痒般的效果；善于引人注意，只要你一回家，它就会扑棱在鸟笼边闹出声响引起你的注意，饿着的时候尤其如此，连扑扇带叫唤，急迫得狠；吃得讲究，不像其他的鸟禽类，吃食多是囫囵吞枣，小鹦鹉吃小米是褪壳的，它那精致的喙不知是怎么叩动的，低头抬首间米与壳就分离了，添进去的两匙小米，最后剩下的是两匙壳，不用心观察的还以为没吃动；爱杂耍，鸟笼不大，于小鹦鹉似乎并无妨碍，笼中安插的两根横木既是歇脚又是左右挪腾、上下跳跃翻飞的平台，但它远不满足于此，可能是其特别的习性使然，狭小的空间更大地激发了小鹦鹉活动的创造性，它可以横着或倒挂着快速地在鸟笼顶部或四周攀爬移动，如履平地，这不仅得益于其钩状的四趾，可以牢牢地抓住钢丝，更是借助了其无所不能的喙充当了第三只手，叼着钢丝在平衡中助力推进，这类似于施展挖掘机的前臂功能，但又灵活得多，令人叹为观止；乐得自娱自乐，吃饱了无人理会的时候，它会独自歇在横木上，或鞠躬似的伸头点头，或唧唧地发出不同的叫声，或不停地叼啄那卡挂在鸟笼上面的回形针，持续一两个小时而不知疲倦。

但它终于还是逃离了。

初春的天气日见暖和，花儿开了，鸟鸣声也更欢快热烈了，我觉得也该让憋了一冬的小鹦鹉在外透透气了，看着天气晴朗，上班前在食斗中添了小米，就将鸟笼于院门前的树枝上挂了，如此两天无恙，第三天下班回家，惊觉鸟笼空了，食斗上方的门开着。这回小精灵是怎样出逃的呢？它怎样就舍得放弃这自寻的安逸与锦衣玉食的呢？是春天的诱惑太大还是同类的召唤唤醒了本能，以致愤怒决绝地上下跳蹿，误打误撞终将食斗上的门抬将上去？

在排除人为因素后，我无法找到其他的解释。

我不甘心地持续将鸟笼挂在原处一个多月，心怀侥幸地期待着小鹦鹉会在受饥挨饿时归来觅食，就像它当初自寻上门一样，但终是未见踪影。

曾经揣度在我职位调整的当头，在我步入知天命之年，小鹦鹉蹊跷地自寻上门是对我的一种神谕，小鹦鹉的代名字不就是人云亦云嘛，是不是警示我要收敛个性、人云亦云就好？安居笼中也是丰衣足食啊。

但小鹦鹉终是出逃了，这又是给我的一种什么启示呢？自相矛盾了啊。看来自寻上门也好，出逃也好，既是一种偶然，也是一种必然，皆出自动物之生存本能。因有过人工驯养的经历，所以才有了自寻上门乞安之偶然；因本能的唤醒，所以才有了出逃之必然。

并没有什么神谕，但仍能引发思索：本能是无法扼杀的，自由才是终极追求！

尊重生命，即需尊重生命之自由；尊重生命是爱，尊重生命之生存本能更是一种大爱，是文明进步之标志。

但愿少一些豢养与约束，多一些宽容与放逐；但愿这只野性未泯的聪明的小精灵回归自然后能应对风险、食能饱腹；但愿这广阔的天空能真正成为鸟类的乐园。

辑三 人间烟火

最美莫过人间烟火味

在外面吃得多了，总是各种不适，总想着回家吃顿安宁饭，自己动手或妻子做的，两三碟小菜，荤素搭配，不寡不腻，吃得舒坦、自在，关键还有调适脾胃的功能。

功能说并非夸张，是实实在在的心理、生理感受。

菜不多，也并不意味着凑合，一定都是爱吃的具有自家独特口感的，比方说：熘包菜的醋就放得特别地多一些，一般人可吃不了；菜薹炒得刚刚熟，要吃起来还有些脆感；马齿苋一般凉拌了吃，蒜和醋不能少；西芹一般切成寸段用腊肉丝炒；西红柿炒蛋要分开来炒，炒好了再烩，这样色香味才有保障；汽水肉是妻子的拿手菜，蛋和肉馅搅和匀了要用开水冲合了蒸，这样蒸出来的汽水肉才嫩而滑爽；秘制鸭用生抽、蚝油、料酒三样主料加上自配的辅料腌制，做出来的味道餐馆里是难以尝到的；烧鸡就更有特色了，要用纯土鸡，杜绝香料，用鸡油或茶油烧，高压锅焖制后回锅加蒜烧，焦黄的色泽浓浓的蒜香味道，看着都会流口水，是可以作为传家宝的……这些菜都会顺着时令轮番上桌，长时间不吃怎能不挂念？

好在有周末作保障，这是约定俗成的小外孙一家回来吃饭的日子，什么应酬都会推掉。

周末的早晨就尤其起得早，不论寒暑，因有期待激荡着。菜品的选择自然是要上心些、费时些，虽然也不过几样家常菜，但终归比平常的要丰富些。常变花样似难做到，但随着季节的变化还是会"推陈出新"，也总能在"出新"中收获快意。

春季里，新冒出的野菜是首选，换换口味，"拖"一下冬季储下的油脂很是必要；夏季，菜品的选择余地大了，虽然是不缺吃的年代，也知道这个季节尤应以清淡为主，但鸡鸭仍是不可少的；秋季的吃食也是丰富的，煲汤是重中之重的主打菜；冬季照例是进补季，但太荤的已不受欢迎，荤素搭配方显均衡。这不，刚刚立冬，羊肉狗肉的都嫌太腻，包饺子似乎是一个不错的选择，既照应了相关传说，又荤而不腻，值得一试。

五花肉一斤，小葱一斤，面粉三斤，包饺子的料就算齐了，其他的菜照例还是要备，兼顾各种口味，不能像老两口过日子，可以简单地以饺子替代一切。

三个鸡蛋、二两麻油加上味精、胡椒一搅拌，那凝结的肉馅就软乎了，切碎的葱末也恰到好处地糅合其中。馅是妥帖了，费事的莫过于和面擀饺子皮了，原本菜市场是有现成的饺子皮卖的，但据说其成分是有问题的，关键是硬生生的包起来没手感，吃起来没口感，缺了手擀面皮的柔和与筋道。夫唱妇随中一个擀皮一个包，不着边际地唠着家长里短，不知不觉中饺子就包好了，并没多费劲的感觉。菜嘛，就更是平常小事，在老夫老妻默契的转悠中，一桌菜就好了，看着小外孙美美地吃，心里是说不出的熨帖。

据说味蕾是有记忆的，它烙下的是童年的味道，已经嵌进了我们生命的基因密码，无法改变，纵使山珍海味也无法取代。它

原野来风

显然只是属于特定家庭，当然，广义一点看，也是属于特定地域特定文化的，因此也成了一个家庭或故乡与血缘混合一道能够凝聚、牵引、趋动亲人的一个很重要的神秘因素。曾经看到很多类似的新闻：在国外留学多年回到故乡的学子，第一桩事就是迫不及待地吃上两碗家乡的辣子面或是热干面什么的，这印证的正是味道记忆密码的神秘功能。

很不解一些家庭为了锅碗瓢盆而扯皮，很不解好多人总以没时间为由，混了上顿混下顿的。民以食为天，任何时代，吃无疑都是平凡人平凡生活中最重要的部分，只不过随着物质条件的富裕，吃的食材会提档升级，吃食的提供也会一定程度地社会化，但由饱到好后对美味的追求是不变的，并且就绝大多数平凡的家庭而言，自己做饭仍会是主流和常态。

很能理解那些日子过得并不宽裕的人家陶醉在节假日的大吃大喝中的快感，那是一种真切的实实在在的生活的幸福感。

吃实在是最平常不过的事情，但吃也是最容不得马虎或"对付"的事情，它关系着我们的生活质量与幸福感。

几天前的一个下午，与一位女教授一起谈事，接近下班时分留她晚餐，教授却执意要走，问及原因，教授腼腆含羞地回道：最近有些甜蜜的小烦恼，要回家做饭，先生不爱吃外面的饭菜。我们都知道教授的先生是一个单位的行政首长，平日应酬多，单位也开设有食堂，按说家中是无须"开伙"的，但这位先生却偏偏爱在家吃饭，吃妻子做的饭菜，看来这才是一对参透生活真谛的烟火夫妻。

一直以来，"农舍炊烟"都被当作诗意的描写，因它象征着和平与富足，在失了炊烟又真正富足的今天，我们理性愉悦地接受着生火做饭原料道具的升级换代，但我却不能接受饮食的社会化，若都去吃快餐了，难免会丢失那凝聚下一代的内在的神奇密码，我们又拿什么来拴住儿孙呢？

我还是会坚持做自己的饭菜。

未被规划的闲暇时光最惬意

又是一个一个人的假日，而且还是国庆长假。

妻子早早出门去赶车，一个人回娘家去了，平常难有整块的时间，只有利用长假回娘家看看，这几乎成了妻子近年来的惯例。

一个人的假期怎么过？也未去想，反正时间还长，昨天睡得晚，只想多睡会儿。

无奈命贱，到点还是醒了，赖在床上也难受，干脆起床做日常功课（锻炼），早餐也照例一个鸡蛋俩馒头，电饭煲一蒸，简单又省事。

　　时间不到八点，微信早已嘀嘀不断，满是节日的问候，坐下来认真地翻看，将该回复的回复了。记起昨晚的内衣内裤还没洗，赶紧上楼，将衣裤打点肥皂，揉搓揉搓，三下五除二就搞定了，完事还嘟瑟：平常这些不怎么干的活儿，做起来也并不怎么吃力啊，不过不能堆积，积多了就麻烦，就像这衣物，积多了，即便用洗衣机洗，也费时费水费电，得不偿失啊。只是不知妻子知道了这想法会是什么感受，会不会河东狮吼指责我"站着说话不腰疼"，顺带把家务事全推了。

　　阳台上晾衣，院子里的植被特别地养眼，高矮错落间逡巡，发现有斑驳黄叶掺杂其间了，天气虽然不是太凉，毕竟已是深秋了，赶紧下楼细瞅。

　　自家的小院，自主的布局，虽不过百多平米，但植物的种类要比鲁迅笔下的百草园丰富得多，一天踱多少遍、看多少遍也不厌倦，总有琢磨不完的细节，总有新的发现。这时节，常绿的树种要数橘树和杨梅最为精神，除了老绿还有新叶。茶花的叶片有些发黄，应该是营养的问题。枇杷的部分叶片有破损，大概是病虫所致。落叶树中石榴的叶子破败得最早，已有一些全黄的叶片，剩下的也是斑病点点。紫薇的花终于谢光了，花谢处是塔状的成簇的球果，有如花开之初的花蕾，初见的人一定分不清是苞还是果，而叶片像缺了水分，部分老叶已开始发黄或变成赭红。樱桃远看苍翠，近看却见大多叶片侵漫锈渍。灌木类的火棘球该修剪了，天竹的芯也该摘了，蓝莓出现了枯枝，直腰间头碰丹桂，发现桂枝已经开始挂苞了，还没黄豆粒大，密密地夹裹在叶腋间，一时竟无法形容其形态，后来无意间在冰箱里看到冷藏的花菜，才恍然发觉其神似微缩版的花菜。桂花树在本地属大众树种，以前又从没有这样近距离并恰好在这个时段观察过，今天所见算是个全新的发现了。水池里的龟不见踪影，通常只有太阳当头或是晚间并且无人的时候，才会爬上特意为其准备的浮排晒太阳、歇脚。百慕达草皮依然绿得恣意，只是总有扯不完的杂草混迹其间。

剪枝、修型、拔草、玩味，反复的审视间，时间已近中午。

吃什么？是个问题。弄饭吧，还得拣菜洗菜，不仅费时，洗刷、收捡是更大的麻烦。吃面吧，虽然单调，但省事啊。决定下面条吃，树间套种的红薯叶尖揪上一小把，正好当配料，而且完全不用洗。

彻底放松的午休并未延时，仍是精准的时点醒来，生物钟真是个神奇的所在，这应该得益于长期的有规律的生活吧。

下午茶是必修课，正山小种是我的最爱，其性温婉绵和，其香天然纯朴，茶香混合着的松果香，还原了自然的况味，清新悦脑。

一个人喝茶是不必拘泥形式的，而我的习惯是茶为书备，喝茶必看书，看书也必须有茶相伴。

但冲泡还是得讲究，必须遵从红茶冲泡的原则。我的变通之法是，仍在滤壶中冲泡，然后将茶汤转至紫砂杯中，两滤壶凑够一杯，这样，既避免了茶叶久经高温之大忌，又突破了茶室饮用的局限，茶汤也会保持如同小杯啜饮一般的效果。

十月的太阳偏斜得早，小院的东边已大部被阴影覆盖，葡萄架下的长条椅正是阅读的好去处，端了茶杯，拿上书，院子里坐定。秋风阵阵，不温不凉，正好驱赶三两只执着的花蚊。

"隐性串门"中或坐或倚或站或踱或闭目遐思，中间重复过一次茶汤的冲泡，木木然完成着机械动作。

物我两忘间，天色见暗，有归巢的宿鸟掠过，惊觉时间流逝得真快，也为这无期无扰无为的一天而快慰，同时揣度，所谓偃仰啸歌者当不出如此境界吧！

"悠闲是真正的生活必需品"，这是最近网络上流传的金句，我深以为然，享受生活，只有在悠闲的状态下才能完成。成天有着太多的计划、太多的目标，势必为生活所累。当然，网络金句没有忘了补充一句：五十岁以后的人，正是享受悠闲的最好年纪。

本人恰好过了这个年龄。

园艺的诱惑

　　周六的下午，太阳刚偏西，我就开始了夏季的第三轮树冠修剪。有了几场雨，院子里的树木就勃发得飞快，不过两周时间，几棵景观树的树冠就蓬乱得脱了形。好在有了一年多的磨炼，我的修剪技艺已有了突飞猛进的提高：球冠已剪得有样有形；腕力、臂力也增强不少，再也不至于劳作后拿不起筷子或需通过理疗帮助恢复；原来需要两天完成的工作量，现在也只需半天即可搞定。

　　低处的红继木、火棘、茶梅几个"球"已不在话下，三下五除二已打理得圆滚滚，只是两棵高达三米多的景观树，各有七八个高低错落的球面组合，需要架了梯子院里院外地绕着修剪，特别麻烦不说，也是对体力的一种极限挑战，每届此时，总会回想并哂笑年少时的懵懂与无知。

少年时特别崇尚园丁这个职业，向往园丁成天与花木为伍，与大自然摩肩，与新鲜空气互哺，工作就是玩儿，玩儿就是工作，人格身份还备受尊崇，就是赞誉人类灵魂的工程师都要将其比作园丁，心里盘算，应该没有比这更划算的职业了！

崇尚还因为喜欢，大约是自小跟外婆一起长大的缘故，总在各种作物间穿行，对树木花草有着一种特殊的感情，老家房前屋后的树木，就有一些是我扦插的，大人怎么弄我也学着怎么弄，居然就有成活了的。稍大一点，学得植物学常识，还尝试着搞过嫁接，虽然不成功，但始终保持着一种好奇的冲动。

少年时还特别羡慕园丁手里那标配的长剪，奢望着什么时候也能拥有一把，想象着按照自己的意愿将门前屋后的树木修剪成自己想要的样子。

少时的愿望如今是轻易就实现了，但动了剪子才知道，做园丁是如何不易，经历过了垂头丧气、经历过了拇指痉挛，才知道这活儿多不好干，才知道这活儿多苦多累，尤其是在自行移栽过两棵小树之后，更是真切地体会到这活儿的劳动强度丝毫不逊于农民的耕作，也由此对"眼见未必是实"这句话感受至深：看似美好的事物，其背后说不定隐藏着许多不为人知的艰辛！

然而，少年的直觉也自有过人之处，不得不承认的是，园艺自有它的诱人之处，园艺这一职业也真有值得崇尚的地方。园艺的诱人之处在于它改良环境、重塑环境所带来的美感与享受，更重要的是它还承载了文化层面的东西。曾经十分崇尚自然之美，崇尚野性的不羁与张扬，但城市化进程极大地压缩了自然空间，放任野性已难成气候并终显杂乱，利用有限的空间进行精致布局已成为当下的不二选择。而中国园艺又是那么地丰富而有底蕴，以至于一草一木，片石只瓦的安置都颇有讲究，成为人们寄托志趣或情思的重要方法与载体。诗言志，园艺似乎也有此功能，只是更为含蓄、隐晦罢了。赏玩过中国古代园林的对此都会有深切感受，园林是主观的有灵魂的，因而也成为中国特有的一种文化现象。

现代城市园林绿化呈开放状，显然有别于古代园林，但兼收并蓄之间自然也有传承，并且受重视程度一样，即高度讲究，重要地段是要上升到决策层决断的。就有限的空间，确立一个主题，打造一种臆想的场景，寄托人们或浪漫或稚趣或理想的情思已成为城市建设的一种时尚与追求，并成为提升城市品位的重要元素。家庭园艺也不例外，绝对是当作与家居配套的一件大事对待，现代家庭庭院受条件所限，无法过多讲究，但一定是有主旨有寄托的。虽然不一定是专业的设计，可能更多的是杂糅，即借鉴了别处或别人家的亮眼之处，但一定带有主观的想象与寄托。虽因审美趣味、艺术修为的不同或呈明显的高下之分，但体现个人主旨与追求是一定的。

主观与个性始终是园艺艺术变迁中不变的魂灵与生命力。

伴随社会的发展、人民生活水平的提高，对园艺的期待是攀比的、扩张性的，园艺的备受青睐自然也带来园艺职业的兴隆，园艺日益增强的吸附力源于园艺太贴近生活，源于富足后的大多数人都有这个需求，源于其看似易学又难以把握、多数人都想试它一把但又总是砸锅走形不得要领、叫人又爱又恨还不服气的纠结较劲，以致攀识个园艺师都成了每个有着园艺或盆景花卉爱好的人的内在需求。

事实上，没有农林专业科技知识与园林艺术素养双重修为的加持，是难以胜任园艺这一职业的，哪怕小至一方盆景的赋形与维护，也是如此，这正是它的资本、它的难以企及之处，它的值得称道与崇尚之处。

园林的设计固然重要，但日常的维护与完善同样不可小觑，布局初定之后，对于小的地方进行或增或减的调整与修补，对于已成型的植被进行维护当为日课，放任一定不能容忍，因为那意味着背离了初心，意味着坏了寄托、坏了主旨、坏了魂灵。旧时，败落的庭院是杂芜的，也可以说杂芜的庭院是败落的，因此，杂芜甚至可以成为一种隐喻。现如今，不言兴衰，但它至少昭示着一个家庭的勤勉与懒散，也是马虎不得的。

打理虽是辛苦，但也有快乐在其中，李大钊先生曾说过这样一段话："我觉得人生求乐的方法，最好莫过于尊重劳动。一切乐境，都可由劳动得来，一切苦境，都可由劳动解脱。"窃以为，此话是需要设置一个前提的，前提是劳动是自由的，被强制的比如说奴隶的劳动是不可能有乐在其中的，其苦境也是不可能由劳动而解脱的。只有自由的并且是有目的、有追求、有收获的劳动才可能是快乐的，甚至可以让其成为解脱生活苦境的一种方法与路径，并且付出得越多，感受的快乐也越多，这也是来自打理院落最切实的感受。

梯子上修剪高处的乱枝十分辛苦，力臂过长加上重心不稳的缘故，拉到底的伸缩杆、尽量伸长的手臂、探寻平衡的身子与双脚，使每一次的合剪都十分吃力，一个球面下来，早已是汗流浃背、气喘吁吁，本想修剪暂歇，但总有不失时机的过路人像是赞叹又像是探询：剪得真好，我们家的怎么就剪不圆？不免内心窃喜，虚荣心这关怕是人人难过，于是乎，边铆着劲继续加力修剪边卖关子道：修剪这活儿还是很有技术含量的！

也真是，园艺中哪怕是修剪这档最简单的事，也不是凭蛮力可以胜任的，需要不断实践总结再实践。动剪之初，我也是剪得坑坑洼洼像癫子的头，但剪得多了，就逐渐琢磨出门道来：动剪是不宜双手齐动的，因为完全处于动态中是无法把握剪刀的走向的，窍门在于，一手定位不动，另一手用力合剪，这样剪子才会按照预定的方向和角度合拢，理想的切面才可能出现。结论看似简单，但琢磨、实践的过程实为不易，一些剪了多少年的家庭仍是一筹莫展即是明证。

掌握别人之所不能，其乐更甚，这也是"园艺的诱惑"之一种吧。

扫地乐

　　不久前，朋友的微信头像换成了扫地僧，知道朋友这两年开始信佛，不时有参禅的感悟发朋友圈，颇有洞穿人世的深刻。此扫地僧定非《天龙八部》里面的扫地僧，主观心态不一样，寓意的寄托也会不一样。放大图像看，图片还有出处，摄自日本北海道某寺院，是一现代版的僧人模样。来源何处不重要，重要的是它可寄寓什么，折射朋友内心一种什么样的人生态度或体悟，与高僧惠能的"本来无一物，何处惹尘埃"菩提偈有何关联？我正漫不经心地边扫着地边思忖着，叭啦一声，几片树叶受惊般窸窣脱落。

中秋一过，院子里便开始有了或黄或红的零星落叶，这时候还不到急着要扫的地步，落叶与树上、藤上开始斑驳的叶片交互映衬着，正好渲染一种气氛，强化着一个季节的讯息，怎么看都是一道风景。但妻却不这么认为，她是一个爱整洁的人，见不得院子被落叶抛乱，只因受制于时间，无暇时时打扫，便会偶尔将就我的"歪理邪说"。但过不了多久，枯黄的落叶便会日渐多起来，也杂乱起来，比不得旷野，小小的院落挤不得，更杂不得。无风的晴日倒还好，叶子或卷曲或平整地铺撒着，说不上碍眼，但已算不上风景。有风的日子就不一样了，叶片被搅得旮旮旯旯到处都是，再不扫，院子就凌乱得不像样子。这时候妻就总是抱怨，叫你不要搞那么多绿化你偏要搞，现在好，搞起卫生来累死个人。也是，累积了一周的落叶打扫下来要花大半天时间，费时费力不说，你前脚扫完了它后脚又会掉上一些，令你愤恨得直跺脚，而这样的日子一直要持续到三九天才算好转。

扛不住抱怨，心里也过意不去，我便主动充当起打扫院落的主力军，不限于周末，只要得闲或风过的次日的早晨，就会主动出击，来一场清扫落叶的"歼灭战"。

不同的是，打扫院落的我，总可以不紧不慢、不急不躁。深秋的落叶多，又都是积存了几天的，小撮箕根本不管用，一扫帚呼过来即可装满，来回往外倒腾，费劲不说，效率还不高。我提前准备好两个大纸箱，先是大刀阔斧作面上清理，就近装箱，后于角落处再补功课，或捡或耙，慢条斯理收官清场，犹如画中国画，先于大处着笔，后于细微处描摹，先粗后精，最后，硬是用扫把还原了一个洁净、清朗的院落，犹如大画落成，令人精神振奋，虽然热汗蒸腾，但心中爽朗舒畅，颇富成就感。

　　冬季的落叶少了不少，但冬季的院落也格外需要精致清爽，容不得些许的杂乱，这大概是大众审美的普遍诉求吧。这时候的落叶以卷曲枯黄的形状为多，也有像腊梅、枇杷那样伸展着的大片的黄叶，但都显得与院落清瘦的环境格格不入，易让人想起涂鸦或被糟践过的画。尤其是有风的日子，卷曲的枯叶窜得满院子都是，看得让人扎心。

　　冬日的落叶不多却煞是难扫，霜打的缘故。贴在地面上，裹在草丛中、矮植中，要么扫不动，要么是反复弹跳原处踏步，挑逗你的耐性。这季节，新扫把是不管用的，恰恰需要用秃了的那种，"扫"也不能称为"扫"了，贴在地面上的是戳起来的，裹在草丛中、矮植中的是用扫把尖挑出来的，急是没有用的，需要耐着性子慢慢来。

这时候，我通常会脑洞大开，天马行空，或回溯昨晚的梦境，琢磨关键处是如何被打断或惊醒的；或回放、演绎上周经历的或恼人或快慰的事情；或回味最近看过的小说里面的或魅惑或惊悚的情节；或漫无边际漫无头绪地瞎想。这不，由扫地想起了朋友的微信头像，进而揣摩它的寓意。

《天龙八部》里面的扫地僧这一角色是有寓意的，它是深藏不露的代名词，朋友追求的并非深藏不露，而应该是一种通达、通透，用他渐渐融入的佛系语言表达，应该是"放下"。至于与高僧惠能的"本来无一物，何处惹尘埃"菩提偈有什么关联，那只是我的一闪念，也许有也许没有，只有朋友自己知道，我就不好妄自揣度了。但佛系的意象或智慧实在是高深莫测，离开特定的人物与事件，这扫地也可以成为一种寄寓或者说从扫地中也可以悟出一种禅机吗？作为凡夫俗子的我，看来是无法参透了。但从我与妻对待扫地的心态对比中，我似乎也发现了些什么、悟出了些什么：那就是不要将必做的事情当作负累，不要将简单的事情太当回事。扫地实在是一件很简单的事情，你用不用功都做得好，你三心二意也不妨碍做好它，并且可以轻松愉悦地了结它。而一旦你太当回事，你用力过猛，你投入太真，它就成了重要的事情，累就是自然的了，它累的是心了。一心二用或三心二意的心态与做法在简单的劳作中似乎均可适用，并且可以做到轻松不误事。而必做的事情，既然无可回避，就去做好了，譬如工作，完全不该抱怨，因为抱怨也无济于事，不如愉快地面对，创造性地做好，这样不仅会有好心情，还会有高效率。

不知哪个名人说过："一份好心情，是人生唯一不能被剥夺的财富。"话似精辟：好心情才是自己的，理当珍惜！但好心情从何而来呢？不同的人对同一事物可能会持完全不同的看法，表现出完全不同的心态，乐观者自乐，悲观者自悲，其中的差别似天高地迥。但人生的态度似乎也是可以修炼和改变的，经历得多了，反思得多了，对事物的认知也会通透些了，"放下"成为可能，乐观亦成为可能，就像妻对于扫地，不再那么郑重其事了，也绝少抱怨了。看来，好心情是重在培养、贵在珍惜，不啻如此，经验告诉我，愉快的劳动总是积极的且具有创造性的……

遐想中，落叶已清理得干干净净，整个院落清爽通透，让人眼睛一亮，精神亦为之一振，好一幅暖冬家居图，温馨而祥和。

关键是，我并没觉得烦与累。

初秋的祈盼

秋在哪里？被三伏天折腾得精疲力尽的人们都开始急切地找寻秋的讯息，祈盼着秋天的到来。这不，刚刚立秋，"摄友"就晒上照片了，沟渠旁、马路边、墙根处、公园的长条椅上，是一枚枚孤零零殒落叶片的特写。但逆着光或侧逆着光，无遗地暴露着的，是那残缺的兼而有之的不均匀的赭红、不匀称的厚薄、不清晰的经脉，很肯定这组叶片系因病虫而夭折，与季节无关。"摄友"刻意营造并传导的一叶而知秋的意蕴，因所摄对象与环境的缺限，实难达意，不但触动不了感观，反而显得矫情，倒是那觅寻秋天气息的急切跃然眼前。

其实，若不是日历的提示，你根本就不会感知到时序已步入秋季，树叶并没有多掉一片多黄一分，天并没有更加辽阔更加高远，水并没有更深更蓝更瘦，燠热的天依旧燠热，就连晚上也没有因此多出一丝的凉意。

但很显然，人们的心开始躁动了。不安分的首推摄影爱好者，他们开始不停歇地关注林子的深浅、池塘的颓萎、农家的晒事以及朝晖夕阴的变化，往乡间跑得勤了，闲置有一段时日的相机又开始不离左右了。文青们也不甘落伍，开始三五成群地邀约，于傍晚时分去林间逛逛，于水塘边走走，寻寻觅觅，有意无意，一切隐含秋的元素或联想的讯息都会引起大呼小叫，譬如一只受伤的蚂蚱、一丛含苞的野菊，甚至是一只叫声嘶哑的知了。上班族开始盘算了，什么时候休假，什么地方好玩，哪儿景致更好，跟团还是自驾？网上、网下搜索联络，性子急的已经开始踏上赏秋的旅程。军人们因严谨而无声，但经过一个夏天的苦练，人都晒成黑炭了，其内心何尝不渴望那秋风的抚慰。普通的市民们开始更加频繁地时而出门看天，时而又叹着气踅回开着冷气的小屋，他们多么期待一场秋风秋雨，也好早早关掉这既费钱又伤身的劳什子空调，湿气太重啊，瞧吧，几人后背不是被火罐拔得黑紫。过去的学生们也是祈盼秋天的，他们天真无邪，他们思绪飞扬，他们先天渴望与大自然的交融，那漫山的野果、遍野的黄叶最能引发他们率真的欢叫，只是现在这种权利只能专属于大学生们了。农民们的祈盼来得最为自然真切，看着沉甸甸的稻穗，看着满园将熟的瓜果，他们的眼睛、他们脸上的皱褶都挤到一块儿了，他们的急切是不吱声的，只是早出晚归的日子更频了，蹭在地里，有时连饭也忘了吃。

不一样的群体，有着不一样的祈盼，但全是美好的愿景。凉的风、香的果、着了彩的色，还有某种意境、情愫、哲思……一切都是看得见、摸得着、感受得到的，一切都是近在咫尺的。

古人所叹"秋日胜春朝"，当因此景此意吧。没有哪个季节能承载如此丰富的元素，没有哪个季节能如此广泛地招人祈盼！

秋，就在那里，就在不远处，诱着你踮起脚跟再踮起脚跟。

辑四 世俗情缘

稼穑情怀

用稼穑类比队伍管理似乎并不合适，而且大家在感情上还不好接受，但就自身的感受而言，觉得二者之间有太多的相似、相通的地方，尤其是在管理者的情怀方面高度一致……

作为一个单位的管理者，因为时时要琢磨、处处要操心而时常会陷入焦虑，但摇摇脖子抻抻腰还会惯性前行、无怨无悔，为了什么呢？似乎不为什么，但一定又在为什么！……很像耕作者，耕作是其本分，再苦再累也家常、坦然……但耕作者是有着一种简单而朴实的向往的……那是对秋后收成的祈盼——管理者似乎也是！

由此觉得，队伍管理与稼穑实有一比：虽然辛苦，但总是欣然而充满期待；都是真心、虔诚于过程；都指望一分耕耘能有一分收获，都希望通过改良获得"高产"；总之，付出的是艰辛、播种的是希望、追求的是果实、是质效！……初到××单位，感到的是种沉闷、压抑甚至是浊恶之气。怎么会有这样的感觉？不会是感官出了毛病？多年的工作经验告诉我，直觉没错！××单位究竟是被一股什么势力控制着？以至于明明压抑而不敢喘息……

像是面对一片荒芜的土地，只见荆棘，不见作物。搞了个民意调查，并强调会保密，只想听听真实的声音，结果基本上是形势一片大好。麻木，完全丧失信心的麻木。不在沉默中爆发，必在沉默中灭亡。

必须有所改变！……

然而，从何处着手呢？初来乍到，情况不了解，人事是不宜动的。那么，掣住那无形之手，斩断那钳制大家思想的捆绑该是当务之急。实行机关制度改革，落实分权制，将大家从经济依附中解脱出来就成了改革的第一举措。

这像斩除荆棘，播撒雨露……

制度落实下来，似乎感觉到一丝松动、一种悄然的伸展，阳光雨露下新绿自然弥漫……

但毕竟不是大的动作，势力并未剪除，阴影犹在，颠覆未必成为一种可能，历经沧桑的干警们有的早已心如死灰，有的则是老练世故，观望是这一阶段的普遍心态……像板结的土，长不出什么作物。必须翻动翻动，让有机物充分暴露在阳光下才可能快速分解、才能转化成营养物，当然，更重要的是播撒种子。

所以，就有了以"院兴我责、院兴我荣"为主题的全员演讲，意在激发大家的忧患意识、责任意识、集体主义精神、职业荣誉感，以此振奋精神、凝聚人心、掀起干事创业的热潮……

犹如希望之种在翻耕了的田野上播撒，田间顿时因生根、发芽而生机焕发……

然而，庄稼地里总少不了杂草的同生共长、抢光夺肥，不及时抑制、锄除势必影响作物的正常生长。所以，就有了犹如喷洒除草剂的"治庸问责"，有了犹如开展除草行动的"春季整训"活动。一时间，春风浩荡，庄稼长势喜人……

当然，带队伍远不同于管理稼穑，虽然有着其共通的自然法则，但人的因素毕竟复杂得多……

经过了一段时间的热潮与激动，心境平复的同时惰性似乎又开始慢慢滋生，尤其是人事调整带来积极影响的同时也捎带了些许负面的情绪。工作的持续高效推进应当还有其他办法辅佐与引领？！……

看到罗军的日记得益于研究室的发掘，以信息的形式编发的日记送审稿送到我手上，顿时眼睛一亮，什么年代了，居然还有闲情写日记，真是难得！细读日记，不禁感慨万千，做法官的酸甜苦辣，对社会、对制度的反思，对案件的反刍与回味，对事业与人生的考量，虽有几句牢骚、几分无奈，但完全发自内心，恰现纯真与朴实。在看到日记的思考与案例价值的同时，我更看中了一种态度，一种用心做人做事的态度，一种认真、执着甚至痴迷的工作态度。这不正是我想极力倡导的风尚吗？这不正是大家需要效仿而我苦苦寻觅的标杆吗？身边的人和事，多具有感召力和说服力！引领可以从这里开始！

这应该相当于推广优质品种的改良！

　　为此，我在送审稿上批示：组织全员学习并开展"法官日记"大讨论。旋即召开党组会形成决议。

　　诚然，作为管理者，推出"法官日记"大讨论活动，目的主要在于增进认同、充分发挥榜样的引领作用以改良作风、有效推动事业发展，是为推进法院工作诸多举措之一种。而日记的记述与思考必将引发更多的思考与关注……果不其然，县委书记看过日记后，也是大发感慨，提议将日记及大家的讨论心得集结出版，并建议向相关单位负责人约稿，自己作序，意在全县范围内营造一种风尚，掀起队伍重振、民风重塑活动。其意义已远远超出了笔者的初衷。感慨之余，记录下渐进推出该项举措的思想、行为轨迹，代为序。

写日记的法官

夜已很深了，微弱的灯光下，法官罗军还在键盘上敲打着，时而蹙眉，时而微笑，时而愤愤然，时而欣欣然。烟头，时明时暗。击键声，时轻时重、时缓时急。隔壁，妻儿的鼾声起伏，偶尔传来一两声蛐蛐的唧唧声……

十好几年了，这样的场景一直重复着。每逢开庭或调解，法官罗军都会连夜记下或喜或怒、或悟或思的办案经过。

真是难得！这个浮躁的时代，谁还有闲情写日记啊，我不禁感慨。

我问罗军，累不？罗军笑答：不累，不写反而憋得慌。是什么动因让你坚持下来的，我接着问。罗军答：也说不好，每件案子都不同，哪怕是同类型的，每件案子都有每件案子的个性与特点，方法不同或不同的人办理，案子的结果也可能不同，至少效果不同。因为不可预见，因为不同当事人的特殊个性或企图，办案中，总会给你带来不一样的喜悦、烦恼或困扰，这会引发你去思考，反省或追问就成了我工作生活的常态，再记下来就不是什么难事，并且慢慢也习惯了。

好利索的嘴皮子，难怪做群众工作有一套，我随口赞道。爽直的罗军不好意思了，缩了缩身子哈哈笑道：就是这么想的。他顿了顿接着说，长期做调解工作对表达也有帮助吧。

要是不着制服，你怎么也不会相信眼前这个小个子是个威服四乡的法庭庭长。一米六的个儿，瘦弱的身材，一张黑黝黝的娃娃脸，唯有眼睛炯炯有神。难怪县委书记在《法官日记》序言中写道："后来，我见到这位来自基层的法官，一眼看去，个头不高，戴副眼镜，没有想象中的高大、精干。我很感慨，高大形象的树立可不是因为外在的体貌，也不靠动听的语言，这是千锤百炼、厚积薄发的结果……"是啊，能赢得四乡八里的高度认同，能遇讼而解，这可不是一朝一夕的功夫。

随手翻开身边的《法官日记》，一起闹心的交通事故赔偿案闯入眼帘，被害人被撞成植物人了，赔偿额高达一百多万元，这足以毁掉两个农村家庭。我为承办人捏了一把汗，这样的案件怎样处理才好？

结果完全出乎意料，几乎完全无望调解的案件居然调解结案了。因为被害人子女的孝行、因为肇祸方父子为人真诚的一面都被罗军敏锐地捕捉到了，调解有了说和的共通点。本打算外逃避债的肇事者（这样的案件避债外逃的多了），在法官罗军的倾情劝导下，决定举债赔款，其父更是决定卖房替子赔偿，虽然数额加起来还是远远不够，但真诚所致，对方也认了。案件之外还多了个插曲，多了个被感动方——医院。被害人因治疗欠下医院的三万多元钱，也在法官罗军额外的沟通下，得到医方的体谅，决定以减免的方式援助。多么不易！这些年，医闹厉害，医患双方似乎也是矛盾的不可调和方。

整个案件都给人意外之喜，但它耗费了承办人多少辛劳与口舌啊，该好好诉说吧。然而，这篇日记的结语却很短促："我们法官，想当事人之所想、急当事人之所急，这正是我们的本分。司法为民，这不只是一种口号，不应只是悬挂在我们的大厅里，而应该刻在我们每一位法官的心里。"

难得的情怀！如今作秀的太多，不看案子，不了解作者的所作所为，你可能都不会相信这样的感慨是发自内心的。

这激起我继续看下去的强烈愿望。

又一个纠缠不清的离婚当事人，发短信扬言：不怎样怎样就要用炸药包与罗军同归于尽。"赤裸裸的威胁，这样的事不止一次了，我很愤怒……"罗军在日记中写道。

然而，开庭之前，当事人的七大姑八大姨都给当事人打电话了：罗法官好像是个好人呢，很公道呢，你来开庭吧。案子最终也顺利调解了！

怎么做到的呢？我问。

"一些矛盾尖锐的案件是须拐拐弯的，叫作另辟蹊径吧。这是工作方法问题，动员其亲属或对当事人有影响力的人做工作，比法官直接面对矛盾效果会好得多。"罗军答道。

我竖竖拇指继续往下翻。

又一个送"情"的当事人，似不经意丢下的一包烟，里面装的却是钱。

在司法权力乡土化的现实环境下，"案子一进门，两边都找人"还是常态，更直接的就是给承办人送"情"。

法官的生活不宽裕啊，维持生活尚可，一旦遇上或病或灾的，就捉襟见肘了。这不，罗军正为女儿的胎记手术犯愁呢。当事人灵通得很，明了你的需求与苦衷，上述这种还是隐晦点的，还有直接上门"善意"提供援助的。罗军在这一篇目中写道："女儿是心头肉，该花的钱砸锅卖铁也得花，但当事人的钱一分也不能拿，这是关涉法官灵魂的大事，一点也不能含糊。"

在这个物欲横流、早把灵魂当斤称，在这个充满对法官各种贬斥与不信任的社会，法官罗军仍能以一颗平常心恪守清贫，呵护灵魂，多么难得！我再次感叹。

接下来，有因婚嫁彩礼的，有因相邻通行权的，有劳务纠纷、医患纠纷的，有遗产继承的等各样诉讼，凡此种种，看似鸡毛蒜皮的小事，但一个个千奇百怪，当事人情绪、伎俩各异，罗军处理的方式、技巧又各不相同。日记里有牢骚、有对制度机制的质疑，但更多的是对案件的总结与反思，对制度改良的期待，对工作生活的感悟。

我再次感慨，写的是日记，折射的是人生啊！

由书及人，罗军的形象忽然间就变了，他几乎就成了手到病除、无所不能的神人，之前的怀疑、妄断全都烟消云散。我不得不信：浓缩的是精华！

掩卷之余，不知不觉中又回味起另一位县领导在《法官日记》序言中的评价：日记朴实，没有豪言壮语，没有高大上的论调，但正是这平实与真诚深入人的内心乃至灵魂……

是啊，真实的东西往往都是平实的，日记中甚至没有出现"信仰""良知""责任""担当"这样的字眼，但满满的都是正能量，满满的都是良知，满满的都是对法治信仰的坚守，对法治责任、社会责任的担当。

真幸运身边有这样一位真实的法官。

暖心的小外孙

一

外孙一岁零三个月的时候，好像突然间长大了，好像什么都懂了。

刚学会走路不久，已经不好好走路了，玩着玩着，就会忽然蹒跚地跑起来，狭窄而多杂物的空间，就会惊得大人急跟着追起来，跑得急了，常常就会歪倒，但不吭不叫，爬起来接着咯咯笑着跑。女儿家里的桌椅、茶几的边角因此都绑上了海绵作为护套。

已经开始学话了，"爸爸""妈妈""爷爷"是早已就会叫了，其他的日常语也知道了不少。但你刻意地教，效果似乎并不好，因为十分好动，十分不买账，总在玩自个儿的，且总在转换玩具或玩法。但其实，看似漫不经心地在玩，大人教一句，他也会跟一下，只是只会跟一个字，任你怎么颠倒反复，譬如你教"姥爷"，他只会说"姥"，你再怎么拆分、连缀或拖长音节教，他要么只会说"姥"，要么只会说"爷"，我们笑称他为"一字宝宝"。但叠字的则通常可以跟得出，譬如你教"姥姥"，他会叫得出来，虽然叫出的两个字是平声，但更觉好玩，也因此乐得姥姥十分开心地笑。

很喜欢看书了，早晨起来，会自个儿坐在阳台上抱着图画书指指点点、咿咿呀呀地看半天。女儿女婿每天定时给他讲图画书，他也会很认真地听。说个什么动物叫他找，他会很快翻出来指给你看。有时，他会觉得你偷懒了，讲得跟以前不一样了，就会拉着你的手，教你像以前那样比画着讲，逗得大人哈哈大笑。有意识地带到书市逛逛，他会正儿八经坐着看，还经常赖着不走。

模仿能力、自我意识特强了，进屋就会拿着遥控器摁空调，琴会像模像样地敲几下，球会像模像样地扔了，遥控的汽车也会

原野来风

摆弄了，唱歌的播放器也会转换曲目了，玩具会自己收拾归堆了，出门主动要拿钥匙了，吃饭要自己动手了，甚至喝的水洒了，他会拉着你的手去洗手间找拖把，然后像模像样地蹭几下了。

特别暖心的是开始黏人了。之前无论是来家吃饭还是我们去女儿家看他，等到说走人，小家伙就会很乖地摇手说"拜"。而现在的告别，可不是件容易事，尤其是有了一个字的语言助力，让赖着的方式又多了变化与趣味。

上周末晚上，我和他姥姥去看他，看看时间不早了，跟他招呼说要走，正在自个儿玩的他加重语音长长地"咢"了一声，意思是不让走，看着好笑又好玩。反复解释时间不早了、该走了，他依然是一个接一个长长的"咢"。等到我们起身，他就一下子扑过来，拉住我们的手——"抱"，然后指着墙上挂着的钥匙——"拿"，拿了钥匙指着门"开"，意思是要一起走呢，姥姥抱着出门做出要真走的样子，他一点也不含糊。女儿女婿赶紧哄，他一副不理不睬的样子，完全不像过去那样对女儿绝对的依赖与服从。我们只好跟着哄，老半天连哄带骗才换手，弄得我们心暖又心酸的，眼泪都笑出来了。

　　这周末过来吃饭也是"故技重演"，吃了饭玩了个把钟头了，按往常惯例是该回去午睡了，这次女儿女婿却久久哄不走，待到女儿女婿已经出门了，小家伙伸过手来："牵"，我就只好牵了他的小手抱着下楼。下了楼，没有丝毫要走的意思，拉着我的手就在楼下转悠，女儿女婿催他走并做出继续朝外走的样子，小家伙根本不予理睬。转了一阵子，发现小鸟叫，跺着并不稳当的脚、挥着小手对房前绿化带中窜跃的小鸟"噢、噢"地吆喝了几声，又拉着我折回楼下大门处："抱"，抱起来就要按门铃，嘴里叫"姥姥"。原来是要催姥姥下楼一起玩儿（姥姥因收拾碗筷没下楼）。看来玩性正浓啊，直截了当哄他走已经行不通，真留下来怎么带我们也没谱，只好变换法子哄了，但兴趣点还必须与回家目的契合啊，想到车子是小家伙的爱物，就问他家车子在哪里，这才拉着我们的手去找自家车子。小区的车子排成了龙，但小家伙直觉很好、方位很明确。当拉着我的手来到自家车前，他双手高举并挥下——"噢"，意思是找到了，一副很得意的笑脸看向我。上了车，尚在绑定安全带，嘴里拖长口音叫——"上"，我们还没回过神，小手也伸过来叫了第二声"上"，原来是要我和姥姥一起上车呀，引得我们哈哈大笑。又解释半天说没位子了、坐不下了，一会儿再来接我们，连哄带骗方才走了。

小家伙是哄走了，留下的我们心里却是暖暖的、酸酸的。

二

外孙一岁零八个月的时候，正是严冬十二月，不开空调的房间格外地冷，小家伙整天就穿得像企鹅，笨拙中尤显可爱。

有些人来风了，来了客就特别地高兴，表现方式之一是转圈，一边说晕，一边接着转，转着转着就摔倒了，就地一滚咯咯笑着爬起来，接着又转，又摔，因为不痛，摔跤完全成了一种好玩的游戏，但一会儿就面红耳赤了，肯定汗湿了背，女儿赶紧叫停，摸背，塞毛巾。

开始特别钟情于厨艺了，成天拿着铲子学炒菜。我们一去女儿家，小家伙就开始忙得不亦乐乎，拿着玩具锅、玩具味碟，炒菜、加酱油、加味精，像模像样的，还要拿着铲子装着去厨房添饭，给姥爷吃、给姥姥吃，厨房客厅反复来回跑，屁颠屁颠地不知疲倦。

说话吐词已很清晰，字意也很明白了，譬如可以很自在地在外公与姥爷、外婆与姥姥之间转换，一会儿叫声姥爷，一会儿又可能换作叫外公了。只是"我"字与"你"字的意思还没弄明白，老把自己当"你"唤，譬如：将"妈妈扶我"说成"妈妈扶你"，这大概是幼儿的通病，面对大人天天说话指向的"你"，就是他自己啊，"你"就是"我"呀，处于模仿阶段的小家伙，不能强其所难哦。

还是黏人，去了女儿家就不让走或是要跟着走，来了姥姥家就不肯走。哄，成了告辞的必修课，姥姥姥爷正好乐在其中。

三

外孙快两岁的时候，已是春暖花开的四月，脱去了厚厚棉装的束缚，人就更加活络了。

变化最大的是语言能力、思考能力、记忆能力与个性。什么话都会说了，只是语速较慢，一字一顿，似乎是在配合着思考。特爱提问，看到什么新鲜玩意儿总爱不停地发问："这是什么，这是什么？"很熟悉、很普通的东西，有时被问得真不知用什么合适的语言来表述、解答。特爱琢磨，一些不为大人关注的物件却总能引起兴趣，并总有种刨根问底的执着，譬如饮水机下面的漏网，他问了不打紧，还一个劲地摸索、一个劲地抠，硬是将接水底盘抠出，还问：这是什么？

电脑的键盘当琴键敲，鼠标也会去按、去摸索，见显示屏没反应，嘴里就自言自语地念道：怎么不亮呢？坏了、坏了！令人忍俊不禁。告诉他还没开机呢，他就退后了观察，在主机上摸索，居然把电脑也开机了，问女婿教过没有，女婿说没有，家里也没有我们这样的台式电脑。再来姥姥家，就更是顺理成章、如法炮制了。

最近，又迷上了观察水管管线，每天都会花上个把小时观察他们家楼下水表箱管线。来姥姥家，看见水龙头，总要指着念道：大水龙头、小水龙头，总是疑惑：怎么不滴呢？（因他家水龙头长期通过滴水的方式蓄水。）

　　狂热地喜欢上了水壶，每次来了总是爱不释手，翻来倒去地把玩，喜欢水壶里的壶嘴，自言自语地说：水壶里有喇叭，纠正他说是像喇叭，他立马更正说：像喇叭。喜欢装模作样地烧水，装出怕烫的样子。喜欢装着给姥爷倒水喝，还不停地续水，不厌其烦。

　　记性真好，已经会背很多首唐诗了，节奏很慢，漫不经心地，以为背不下来的，结果是一边玩着，一边一字不落地背下来了。没见过的物件及功用，教过一次就记住了，譬如，蛋糕卡看过一次，告诉是买蛋糕的，下周过来看见了，就会指着说："刷卡，买蛋糕。"有时说出的事让人吃惊，一回顾、一合计，原来是姥姥上周不经意说过或教过的。

　　还是黏人，表现形式更为有趣，每周在姥姥家午餐后，都要玩个把小时，时间差不多了，女儿就会叫他的小名，不等女儿女婿说回去，小家伙心知肚明，高声回应："不回去！"然后自言自语地学着大人话："还玩？还不回去睡觉觉！"逗得我们捧腹大笑。有时高声回应"不回去"后，又自言自语道："再跟姥爷玩一下。"

四

2019年春节一过，外孙就近三岁了，该上幼儿园了，这对于从未离开父母的他，无疑是一场革命。

正月十五刚过，女儿女婿就横下心，送他上幼儿园了。第一天接回来的时候，女儿发照片说，喉咙都是哑的，足见哭得厉害。第二天是周末，照例来姥爷姥姥家吃饭，居然哭着赖在女儿身上不肯进门，显然还停留在被"抛弃"的恐惧中。我责备女儿，不该抢这一天时间，担心歇过两天后更难适应。接下来的周一周二，我们不敢问及，虽然也有女儿的微信图片可以粗略判定其适应状态，但不敢掺和以免犯生。周三一天未见女儿来信息，我们也坐不住了，晚饭后买了外孙喜欢吃的蛋心圆，就奔外孙家去了。

外孙很安静地与女儿一块靠在沙发上，见姥姥姥爷进门也不搭理，等到姥姥递过蛋心圆方才略显活力地抓了吃。

女婿质问，刚才不是说肚子疼，怎么还吃零食？

外孙：不疼了，现在。刚才打了屁，肚子不疼了。

姥姥：有有哭了没有？

外孙：哭了。

姥姥：哭了不像男子汉，羞羞脸。

外孙：妈妈没去接的时候我哼哼。

姥姥：吃了晚饭没？

外孙：吃了，在爷爷家吃的。

姥姥：吃的什么？

外孙：吃的鸽子，喝了两碗汤。

姥姥：幼儿园好不好玩？

外孙：不好玩。

姥姥：老师讲故事没有？

外孙：没有。

姥姥：做游戏没有？

外孙：没有，就坐那儿看电视。

姥姥：上幼儿园再不能哭了好不好？

外孙：好。

姥姥：不哭，姥姥天天给你买东西吃好不好？

外孙：好。

已经是对答如流了！

周末照例要回姥姥姥爷家，这次是朋友请吃饭，叮嘱要带外孙一起来。为方便起见，我们干脆去接了同往。一路上，小家伙问个不停、说个不停，姥爷，我们到哪儿去呀？每遇路口，小家伙指指点点，这是去姥爷家的吧，这是去爷爷家的，这是去高桥的（乡下老家），方向感挺强的。走岔了一个小区，问了下路，小家伙又问上了：刚才那个保安说的哪条路啊？姥姥呵呵笑着问，你怎么知道他是保安啊？小家伙嘟着嘴一字一顿地说，我知道他是保安。见了朋友，让他叫爷爷奶奶，一一都叫了，不扭捏。坐下来是一脸的笑，跟姥姥姥爷问这问那，很让朋友们喜欢。吃饭很乖，但照例吃得单一：汤泡饭，花生米、黄瓜条，别的肉类、鱼类一概不吃。散席后，雨仍未停，小家伙恼上了，恨恨地说，我不喜欢下雨天。

女婿逗他：为什么不出太阳呢？

小家伙：因为下雨呗。

女婿：为什么下雨呢？

小家伙：因为不出太阳。

乐得我们大笑。回家的路上是姥姥开车（其他人都喝了点酒），一上车，小家伙就叮嘱上了，姥姥，你开慢点啊！很不放心的样子。沿路又问开了，说开了，什么"同汇广场"到了，什么好多警车呀……还专爱跟开车的姥姥说。去往他家的路上，小家伙求上了，姥姥姥爷可不可以去我们家呀？到家门口了，又再次求上了，姥姥姥爷可不可以到我们家玩呀？ 我们说，是午睡的时间了，下次再来好不好？小家伙也还听话，下了车，再次叮嘱：姥姥，你开慢点呀！

五

上了个把多月幼儿园的小外孙，在渐渐适应了环境的同时，也明显地更调皮、更有主见了，尤其引人注意的是话语的表达更为贴切与丰富，活学活用不着痕迹，显出一些语言上的天赋了。

这个周末因女儿要上班，午饭后破例留她们下午接着过来吃饭，跟我一起玩得高兴的小外孙也就赖着不肯走，在小区的幼儿游乐场玩上幼儿园的游戏。

以滑梯为假想的幼儿园，以上梯处为假想的入门口，他所上的幼儿园进门是需刷门禁卡的，小外孙候在梯口站着不动，提醒：姥爷，要刷门禁卡，你刷呀刷呀。

我蓦然醒悟，装模作样在梯口处挥了一下手，说：刷了刷了。

小外孙这才开始上梯，边上边挥手：再见，再见，你走呀，放学再来接我。上得滑梯台面，乐呵呵地攀着栏杆又朝你挥手：再见，你先回去，放学再来接我。然后转身，磨磨蹭蹭地从滑梯滑下。

然后，又是新一轮的上学，告别，滑梯，乐此不疲。

滑梯旁设有石桌、石凳，玩得累了，便拉你坐石凳上，假装着给你倒茶、与你干杯。

下午一点多了，收拾完碗筷的姥姥过来寻人，催小家伙回家睡觉。

小家伙一副很倔的样子：不睡觉。

哄着无效，只好继续陪着玩。

下午两点多了，早过了平常睡觉的时间，我已困得不行，反复哄，总算哄回了家，依然是赖着不肯上床，床头间无意中碰到了电灯开关，啪啪的两次开合之间，小家伙敏锐地发现了灯是变光的，就不停地开关、试探，开关一次还笑着很期待地问你什么颜色。末了，还问你：好不好玩？我实在困得不行，没好气地回答：不好玩。小家伙十分不满意，拖长音调：你瞎说，"瞎"字拖得尤其长。说完继续按，继续笑着问你什么颜色，问你好不好玩。这回我存心逗他：不好玩。小家伙又是拖长音调：你瞎说，说完还打你。看来，在小家伙眼里，这确实是一件很好玩的事。哄得没招了，只好抬出女婿来吓唬他，再不睡，给你爸打电话了。拿出电话便要拨，这招算是管用，小家伙赶紧过来抢手机：不打。不打可以，要睡觉。反复两次之后，终于和衣盖了被子，我是装作睡着了，小家伙在辗转哼唧半会儿后终于也睡着了。

一个小时后，小家伙醒了，显然还睡眼蒙眬，溜下床站在床沿头拱被子哼唧。姥姥见状，赶紧抱起。

小家伙一副要哭的样子，口中念道：要妈妈抱。

按计划去超市逛，车上姥姥逗他：睡好没？

外孙：没。

姥姥：是不是想妈妈了？

外孙：是。

姥姥：哭了没有？

外孙：没有，我就哼哼。

引得我们哈哈大笑。一路上仍是指点方位，意见不同会说你瞎说。

没料到的是，小家伙变得很懒，下了车是一步不肯走，水果摊上只对香蕉感兴趣，没付账就要吃，不过还算明理，说没付款不能吃也不闹，回家路上香蕉是连吃了三根。

晚饭照样是吃得最慢的一个，大家都下了桌子，他还是慢吞吞地边玩边吃，我鼓动他吃快点，吃完了好一起去看金鱼，小家伙来了兴趣，口中答好，随着念叨开了：给金鱼喂点豆豆吃好不好，或者喂点鱼，或者喂点肉，或者喂点青菜……把一桌的菜都用"或者"点了一遍，一个不满三岁的小孩能如此表达，还真让人颇感诧异！

六

临近鼠年春节，小外孙已是三岁半的年龄，已经有了很强的自我行为意识和判断能力，也会很自我地表达了。

春节前的一个周末，小外孙照例过来吃饭，刚进家门，小外孙发现茶几上放着的一板新买的电池，如获至宝般地捧在胸口跑到厨房，欠着身子撅着屁股叫我：姥爷，我们家电动车的开关没电了……我忍俊不禁：你是不是想拿回去？想拿回去就送给你。小外孙边点头称是，边欢天喜地地跑开了大叫：妈妈，姥爷送给我了，姥爷把电池送给我了！

外婆给买了新的带绒的旅游鞋，成天就穿着，小姑奶奶问：谁买的新鞋？小外孙：姥姥买的。小姑奶奶故意逗他，姥爷没给有有买东西，姥爷不喜欢有有哟。小外孙嘟着嘴巴缓缓地说，是姥姥和姥爷一起买的。

春节前有朋友邀吃饭，小外孙一家也参加了，散席后朋友礼节性地塞给小外孙一个红包，小外孙悄悄问他妈妈：是过年了吧？离得最近一次的发红包也是去年过年的事，小家伙当时只有两岁半，居然就有这个概念了。

大年三十，小外孙一家大包小包地拎着礼品来过年，招呼过后各忙各的，小家伙双手费力地拎着一提方形的坚果礼品盒独自来到厨房找正忙着年夜饭的我，小声道：姥爷，这是送给你的!

典型的套近乎! 这大概是他认为的最好的礼品了，姥爷大概也算是他最喜欢的人了。

年夜饭后照例是要给红包的，外公外婆、太爷太奶、小姨各给了一个红包，小家伙喜不自禁，拿了红包就要抽开来看，被女儿制止，好在还听话，但一天要几次拿出来清点。临回家了，又清红包，看见舅舅身边有个红包，想要又不敢说，就吵着还要一个红包，姥姥顺手拿了个红包塞进两百元钞票，小家伙嫌少不干，吵着要大大的红包，女儿只好又往里塞了几张百元大钞才肯罢休。不知小家伙知不知道钞票的用处，居然就往多的要，乐得太爷太奶眼泪都笑出来了。

七

四岁多的小外孙更是好玩，也更显聪慧与狡黠了，表达能力自然也是提挡升级了，说话颇有文艺范儿，善狡辩，爱吵架，完全不像一个四五岁的孩子。

冬日里，看到院子里红红的火棘果、红红的天竹果、红红的枸骨果，小家伙指指点点：又是红果果，又是红果果，姥爷：你们家好多红果果呀，你们家都成了红果果世界了！

爱玩手机，但女儿女婿管束很严，很少放任他玩。年底的一个周末，女儿女婿有事，将他一人放我这里玩，十一点之前一直挺乖的，到十一时许，大概玩得有点腻了，跟我抢手机玩，我警告他：妈妈交代不能玩手机的。小家伙：我没玩手机，我看手机。

又一个邻近的周末，又是将他一个人放我们这边玩。小家伙这回精神不振，问他原因，说是肚子不舒服。我叫他吃两个山楂汉堡（这是他的最爱），他不吃，说这是零食不能吃（女儿女婿是限制吃零食的）。我告诉他，山楂有药用功能，可以帮助消化，治肚子痛，小家伙就吃了两个。接近中午吃饭的点，小家伙来劲了，又要吃山楂汉堡，一连吃了两个还要吃，我问，吃了多少了，还吃？小家伙吃吃笑着慢腾腾地说：吃了两个，再吃一个就三个。我说怎么只三个，刚来的时候不是吃了两个？小家伙赖皮地嬉笑着说：先吃的两个那是当药呀！

吃饭很是不乖了，女儿女婿不在的时候更甚，不知是零食吃多了的缘故，还是在幼儿园形成的坏毛病。这周末女儿女婿忙别的事没来，饭就老是吃不动。催他吃快点，小家伙：这么干怎么吃呀？我只好给加汤。过了半天没见什么进展，我再催，小家伙：这么稀怎么吃呀？

姥姥好气又好笑，质问：你在家里不会这样吧（在家经常因吃饭慢而挨揍）？

小家伙横眉冷对：关你什么事？

瞧，思维可以转弯了，问答也可以不简单对应了，反问中回避问题还尽显犀利，看来是一吵架高手，乐得我们大笑。

其实儿子也恋家

儿子今年大二了，逆反几乎成了他性格的全部特征。微信问他吃了没，他回：废话；天冷了，微信叫他注意加衣，他回：瞎操心；问他在干吗，他回：你别管。当然，这些都是他妈找的事。寒暑假回了家，要么出去会同学了，要么窝在房间不出来。吃饭也像是完成任务，三下五除二，吃了又回房间去了，基本上不跟你说话，也不正眼看你，问他什么，总是恶声恶气地敷衍，总之，是一百个不耐烦。我就老是叮嘱妻子，你少管他，逆反呢。

今年的寒假特别长，接近两个月吧，但过完十五（农历）就得返校了，十六晚上的票，吃了中午饭，妻子提醒儿子该收拾行李了，儿子不吱声。妻子悄悄跟我说，其实儿子舍不得走！我不信，妻子说，你没注意他迟迟不收拾行李，买的还是最后一班火车票？

这能说明什么呢，许是懒散惯了，许是没有其他班次的了，我依然不信。

晚饭前，儿子出去理了个发（形象方面他倒是蛮在意的），吃完晚饭就该动身了。妻子最后一次帮忙清点行李，我插不上手，闲着无聊，翻阅微信朋友圈，儿子新发的一组图片抢入眼帘。第一张是小区大理石拼接路面，第二张是小区内爬满藤蔓苔藓的老树树干，与后面的对照，这两张显然是出门时拍的。后面的自然成一组，因地形地貌由远及近、由高往低、再由俯及仰，聚焦的都是我们家楼栋，最后依次是楼道踏步、我们家张贴有对联的大门以及十几年前被儿子的玩伴刻下的"瑶瑶是个大笨 zhu"几个字的墙面特写。已是傍晚时分，光线不好，图案也不美，但那是儿子心理动态的真实流露。是啊，儿子由远及近盯着的就是自己的家，他的眼中就只有自己的家，这是一种怎样的不舍？在他外在的叛逆和坚硬的外形之下是一颗何其柔软的心啊！我终于也相信了妻子的判断。

叛逆与拒绝绝对是一种成长！拒绝接受关心、更反感呵护，是独立意识的强烈反应，是对独立自强的有意无意的追求。关心，意味着对象的不够强大；而呵护，则更是面对弱者的一种姿态，是可忍孰不可忍！

然而，内心的依恋难以割舍啊，这是一对多么对立而复杂的矛盾？

这该是每一个青年成长中的痛苦与纠结，是一种重要的人生体验，无法回避，更不容替代。

回想当年的自己，何尝不是这样，翅膀稍硬，一个劲地逃离，但也总有割不断的牵挂。无情未必真豪杰，恋家如何不丈夫？想想释然！

清明时节忆外婆

外婆离开我们已经二十二年了，每至清明，回老家给外婆扫墓是必修课，这是胜过过春节的雷打不动的规矩（春节多半也回去，但也有接父母来我们这里过年的时候）。但今年的祭扫因疫情影响被迫终止了。

清明前几天，父亲打来电话，叫我们不用回去了，说是因疫情防控的需要，公墓今年不开放，他们在家也只能是望山遥祭。我颇为失落，已经是做好回家的各种准备的，况且年年如此，骤然中断了感情上一时难以接受。

公墓不开放是可预见的事情，父母叮嘱不用回去的深层用意则是为避免因流动而增大的感染病毒的风险，这些都可以理解，但心中仍是放不下的纠结。

既然父母在家是遥祭，我想我们在外地也是可以遥祭的，关键是形式不能少，这多少也是一种安慰吧。我叮嘱妻子多买点大面额的冥钞，希望老人家在那边富裕点，这自然也只是一种心理安慰。

儿子因疫情滞留在家，也参与了遥祭，这种事情儿子还是合作的。外婆是在儿子出世后两个多月去世的，之前一点征兆也没有，每天还摇着摇窝哄才出生不久的曾外孙睡觉，儿子多次听我们说起这档事，还是有情结的。

我们姐弟仨都是外婆一手带大的，记忆中都是我在跟着外婆转（这自然只是我的记忆，代表的是一个时段），偶尔才有妹妹的身影。姐姐大我四岁，在我有记忆时大概已经上学去了，妹妹小我四岁，我记事时她还没出生，待我上学时她还是个小不点儿，爸妈忙于工作，相处的时间也不多，即便有时间，大概也在带妹妹吧。并且，好像总是我跟着外婆在睡，所以，儿时的记忆里外婆就是中心。

跟着外婆屁颠屁颠的日子总是新奇而充满乐趣的，总是十二分受用的。

春日里，跟着外婆去菜园子，追着蜂赶着蝶，看着黄的花绿的果，外婆会叮嘱：才结的瓜果不能用手指哟，指了就不会长了。我偏不信邪，但被我偷偷指过的瓜果就真的没再怎么长了，并且屡试不爽，后来我就渐渐收手不试了。

夏日里，满街飘着瓜果香，菜园的一角有我用头年留下的瓜籽种出的瓜秧，却只见开花不见结果，沮丧之余，总算有外婆打理的熟得开裂、咬一口满嘴流浆的西红柿解馋，这是如今市场上无法再见到的自然熟了。有的年份外婆也会种香瓜、甜瓜，记忆中结的果实不多，也不怎么甜，远不如西红柿好吃。

秋日里，玉米挂须，向日葵低下沉甸甸的头，结果是：我美美地享用了玉米，而看似结得饱满的向日葵掰开了却粒粒空壳，空喜一场。这些都是外婆应了我的要求种的，可见小时候的我有多馋嘴。

冬日里，外婆将我罩得严严实实的不好玩，但冬日也有冬日里的乐趣，围着炉火缠着外婆烤糍粑之类的吃食算是一桩。碰上雨雪天，穿着外婆的木屐到处跑，刻意留下处处屐痕，似乎也是蛮有趣的事情。记忆中，做小吃点主要集中在冬季，这是外婆的拿手戏，跟班铁定是我，总是兴致勃勃，乐此不疲。

外婆偶尔还会带着我们去走走亲戚，为此也多了一些意外之识、意外之喜。记得有一年，外婆带我，背着妹妹，由舅姥爷陪着去过一次大同湖，坐船过江之后走了很远很远的路，路上渴了，外婆就捧了水渠里的水喝，让我吃惊不小。饿了，外婆便掰了野蒿芭来吃，野蒿芭通心贯粉，粉是甜的，可以生吃，吃得我们满嘴黑糊糊的，至今记忆犹新。到了大同湖，第一次见到牛，那时我眼里的牛好大好大，印象中简直比若干年后见到的大象还大，以至于后来做梦老梦到巨牛盈屋，稍大之后（应该是上小学后）再看到牛，觉得小了好多好多，总觉得不该是这样子的。

跟着外婆在一起的少儿时光，最受用的除了吃和玩，还有睡觉一事，尤其是夏夜，晚餐后，爸妈早早地将竹床搬出放在门墩上，疯够了的我回来躺在竹床上数星星，听外婆讲鬼怪故事，夏夜天热、蚊子又多，外婆的蒲扇总是挥个不停，迷糊间，身上哪儿痒了，或因痱子或因蚊子，我的小手便伸向哪儿，外婆的手立即跟进挠在哪儿，有时候也并非因为痒，贪恋着舒服，便会把小手浑身乱摸，引得外婆跟进着挠，自己总是在挠搔抚摸之中进入梦乡。

外婆疼我们，我也为外婆做过仗义的事——烧黄蜂窝。起因是一年夏天，外婆打理菜园时被园内树上的黄蜂所蜇，后颈部红肿得像熟桃，看着外婆痛苦不堪的样子，我与黄蜂也较上了劲，周边我和小朋友们活动范围内的区间，只要发现了黄蜂窝，我都会带着小伙伴干掉。方法很简单，拿上一根长竹杆，一头缠上棉花，蘸上煤油，带上火柴和一件厚衣裳，在离黄蜂窝丈远外的地方匍匐于地，厚衣裳罩住头，点上棉球直抵蜂窝，烧得蜂群晕头转向绕着浓烟转时，我们便慢慢撤离，还从未被黄蜂蜇过。外婆和家里人也从不知道这种事。

光阴荏苒，快乐的少儿时光倏忽即过。及至少年，除了上学，课余与同学在一起玩的时间就多了，与外婆相处的时间就少了，但每天课间操时的早餐，都是外婆掐着时间做好了等着我，多半都是我爱吃的猪油炒饭。闲时或周末，也会跟着外婆学做饭或其他吃食。

工作之后，回家也少了，除了吃饭，大多待在自己的小天地里，客观上有学习的需要，主观上还有排斥家长束缚的逆反。

成家后更是沉迷于自己的小家庭，享受着小家庭的放松与自在，回家就更少了。

及至我们仨姐弟都有了小孩，外婆还帮衬过一阵，最终由保姆接管，照例只是周末热闹，曾外孙回家闹作一团时外婆是眯眯笑着的。

反观我们成年后的这一时期，外婆该是最落寞的，养大了的我们不是劳燕分飞，但咫尺之间亦是遥如千里啊，我们只埋头于家庭、工作，何曾顾及外婆的感受？何曾常回家看看？虽然我们姐弟仨都很有孝心，但我们的表达方式是否就契合外婆之意呢？当时的我们并没作这方面的思考。回头看，在我们这个大家庭的特殊环境里，外婆最需要的是陪伴，但我们恰恰做得不够，这无疑给外婆留下了无以言说的空落与悲戚。

回望外婆的一生，苦难似乎成了底色，虽然后半生也过上了好日子，但也是酸甜苦辣五味掺杂，当然，外婆的一生也是丰富的、富有质感的。

外婆命苦，生了十个子女只养活了母亲一个，年纪不大就守了寡，一个人独自靠着缝补浆洗做保姆把母亲一手拉扯大。好不容易盼着母亲工作成家，外婆无依无靠的自然跟着来过，女儿女婿都是吃公家饭的，日子本应好过，但在那缺吃少穿的年代，父亲农村的亲戚总是时不时地过来刮蹭、讨扰，父亲心善，免不了暗中作些接济，日子过得就有些捉襟见肘，父母为此总是争吵不断，父亲农村的亲戚也因此得罪了不少。父亲拗不过母亲，就把账都记在了外婆的头上，暗地里总是恶声恶气、横眉冷对，印象中似乎没过一天舒心日子。后来，我们姐弟三个长大了，日子好过了，也懂得尽孝心了，会经常买些好的、稀奇东西给外婆吃，但始终改变不了父亲对外婆的恨，改变不了父亲背后对外婆的恶语相加。更不幸的是在她老人家八十三岁高龄的时候还摔折了大腿骨。

外婆勤劳。除了做家务带我们姐弟仨，还在家门口挑出约半亩多地的菜园并且打理得井井有条。我们家房子是建在城郊接合部，紧邻蔬菜队。蔬菜队是专门种植蔬菜的农村集体经济组织，其身份似乎与农民还有所区别，但其拥有的主要生产资料即土地的性质是一样的，属于集体所有。在城郊配置蔬菜队这种集体组织，其主要功能就是为县城市民提供蔬菜。据说我们家宅基地也是征用的蔬菜队的地，毗邻而居的也有蔬菜队的社员。我们家的菜地都是父亲、外婆利用闲时慢慢挑着土在门墩处帮出来的，虽然蔬菜队也有微词，但那个年代的土地并不稀缺，也就相安无事。半亩多地可以种植足够多的菜品，记忆中什么蔬菜都有，除了肉鱼，从不需要在饭桌上花钱，不仅如此，每值收获季自家根本吃不了，外婆与邻家蔬菜队的吕姓奶奶关系处得特好，吃不了的就托吕姓奶奶一并带着去卖。那个年代后来开始了割资本主义尾巴，农村的果蔬等经济作物大多被禁了，卖菜更是不可能，蔬菜队卖菜则是天经地义的，我们家这个便车便搭得稳当，但因父亲是公职人员身份，也要顾及影响，为避人耳目，外婆通常要起大早，天亮前就将菜摘回整理好送到邻家，有时就在相邻的菜地之间交割。虽是零碎的一点收入，但细水长流，却成为补贴家用的一项重要经济来源。

　　外婆能干，几乎什么都会做，手工的、吃的都不在话下。那时，我们全家人的鞋都是外婆一针一线做出来的，平常做衣服剩下的边角余料或是破旧的衣服都被外婆收拾得妥妥的，天气晴好又得闲的空当，外婆就调好糨糊粘贴碎布，这是纳鞋底或做鞋帮的基础材料，通常是在夏季完成，纳鞋底的事，记忆中好像是在冬季完成的，因这个季节菜园子也没什么需要打理的了，过年前则一定是有新鞋穿的。除了做鞋、缝补衣裳，闲不下来的外婆还会纺线，是为改善家庭生活还是为了打发寂寞时光？那是不在儿时的我的意识范围的，只是每每会于深夜听到外婆的叹息。记忆中，有那么几年时间，是在秋冬季的晚上，我们家的纺车就会吱吱呀呀地响到很晚，那是在苎麻收购后，供销社以来料加工的反向方式将苎麻发放给城区居民，纺成纺锤后回收，会有微薄的加工费用，价格也会依纺线的粗细等级有所区别。纺线枯燥不说，关键是坏手，外婆的左手总被苎麻磨得粗粝硌手甚至渗血，但儿时的我并不知其中之苦，而是觉得好玩，总是缠着外婆教纺线，总是捣蛋，外婆不在的时候会偷偷地摇动把柄学纺线，弄得麻线搅成一团，以致后来外婆在离开纺车的时候总要做一些拆卸工作，只留空车任你捣腾。

外婆会做吃的，我的厨艺大多是跟外婆学的。物质匮乏的年代，对于少年，吃是最有吸引力的事情，而能变换花样吃，提高质量吃，尤其是做出零食吃那就更是难能可贵了。记忆中，做零食一般在年前才做，什么炸麻花、炸翻馓、炸玉兰片、炸五香豆都要将家里的坛坛罐罐塞得满满的，但都抵挡不过一阵子，因为年节人来客往的多了，招待上就会消费多半，也经不住我们小儿辈的放开肚皮吃。其他的节令甚至平常日子，外婆也会时不时地给我们做点点心打牙祭，端午的粽子、中秋的桂花汤圆自不必说，印象最深刻的是做调糖和豆皮。做调糖的原材料主要是阴米和麦芽糖，一半自制一半来自乡下的亲戚。阴米是自制的，记忆中也是在冬季完成的，先是将糯米泡上一晚上，第二天上笼蒸，蒸熟以后放簸箕里慢慢阴干收藏。麦芽糖是乡下的亲戚过年前当作节礼送的，送的多了，一时也吃不了，也被外婆收存好了。做调糖一般在农历三四月间，这时候年间存下的各种小吃早已吃空有些时日了，而端午还离得较远，嘴馋的我们自然难熬，能做点小吃填补一下总也喂不饱的少年的胃简直就是天底下最大的幸福。做调糖首先是炒米泡，大铁锅里先将铁沙炒得冒烟，然后倒入阴米翻炒，灶膛里的明火同时要退尽，阴米膨鼓后，迅速盛入筛子筛净铁沙，这一工序不必与熬糖同天进行，否则会很赶时间，影响做饭。通常是炒好米泡后的一两天后，在一个比较充裕的下午开始做调糖。重要的配料有麻油、芝麻、桂花，外婆先将麦芽糖放铁锅中加入麻油小火慢慢熬化，灶膛退火后放入米泡，加入芝麻、桂花搅匀，趁热盛出放在事前准备好的方桌上用木板压平切块，一堆香甜可口的调糖即大功告成，因放入的桂花、芝麻多，味道就比市场上卖的调糖要好吃得多。

豆皮通常只过年才做，但秋收后乡下亲戚送来绿豆又碰巧家里买了肉的日子，外婆拗不过好吃的我们，也会大发善心地做那么一两回。做豆皮特别麻烦，先要将绿豆干磨碎壁去壳，然后将绿豆仁、大米按7∶3的比例泡一晚，第二天磨成浆，铁锅烧热刷油，用蚌壳将豆浆在锅底摊匀，灶膛退火靠余温将豆皮烘熟起锅。之前要准备的还有头天泡透的糯米要蒸熟，五花肉切成丁炒熟后与豆腐干丁、榨菜丁混合再炒，加入酱油、味精、胡椒等调料备用，这些齐备后就要往或热或冷的豆皮上趁热按上糯米，再均匀铺上炒好的榨菜豆干肉丁，豆皮四边叠起内折做成方块状，相交处抹点已化好的生粉水，放入铁锅中用油煎成双面黄，外酥内糯，鲜香无比，如今市面上卖的豆皮完全不可同日而语。外婆做这些的时候，通常有我打下手。除了递递备料，灶火的控制是极为重要的环节，在外婆的调教下，我会掌控得极为妥当。

外婆精明，深谙人情世故，邻里关系相处和睦。外婆还特别善于洞穿人际交往中的小伎俩，尤其是亲戚之间涉及侵占自家利益的小把戏，遗憾的是老人家没能做到看穿不说穿，不当的提醒对于本是憨厚又火爆的母亲无异于点燃火药桶，导致家庭纷争不断，个别亲戚断绝来往，也为她后半生所承受的怨怼埋下伏笔。

外婆的一生是不幸的，这不幸主要是精神层面的，但也有过一段不算短的幸福时光，那是在我们姐弟仁的成长之年，在由她老人家抚养的日子，虽苦虽累，但那是一种哺育、一种寄托，遗憾的是，成年的我们都忽视了这种寄托对于她老人家的重要性，以至于用物质取代了陪伴、取代了交流、取代了义气的支持，如今空余叹息。

谨以此文寄托对她老人家的哀思！

于 2020 年清明节

辑五　故园幽思

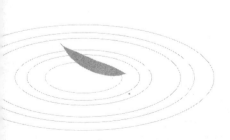

家乡的豆腐圆子

每至年关，街头巷尾香浓时，总是不自觉地想起家乡的豆腐圆子，眼前也总会浮现出做豆腐圆子的一幕幕场景，豆腐圆子不仅好吃，还曾经是家乡年夜饭上必不可少的一道大菜。

自记事时起，就知道豆腐圆子这道美食，其延绵的历史之久远已难以考证。听父亲讲，过去的地主老财家，吃年夜饭也就四大盘，豆腐圆子就是其中的一道大菜。普通老百姓家过年能吃上豆腐圆子是件很幸福的事，不仅因其味美，还因其蕴含的团团圆圆之意。特别穷苦的农民家庭就难全其美了，往往只能以其他菜料将就。

解放后，家乡的年夜饭上，豆腐圆子已是家家户户的标配，并且延续了四十来年。

豆腐圆子荤素混合、油而不腻，松软可口，老少咸宜，是家乡在美食上的一道创举（听说其他地方也有做豆腐圆子的，但做法及配料大有不同），极具地方特色。不同于北方过年以吃饺子为重，地处江南的家乡，以吃圆子为要，很多菜均可做成圆子，如用藕为主料做成的藕圆、用苕为主料做成的苕圆等，皆因谐团团圆圆之意而受宠。豆腐圆子用料虽也考究，但原料得来容易，其成分贵贱、多少也可随家境不同增省审度，尤其与其他菜类圆子比，它是上好料（那个年代，豆腐被视为仅次于鱼肉的上等菜品）。而与肉圆、鱼圆相比，成本却要低很多，大多数家庭消受得起，这是它广受欢迎和推崇的主要原因。

那个年代，一旦家家户户忙活起豆腐圆子，年味就浓了。

做豆腐圆子可不是一项简单的"工程"，要打豆腐、挑糯米、选肉备料等做好多准备。其中，单是打豆腐一项，就会把各家各户忙个热火朝天。

记得小时候，家家户户必做豆腐圆子。做豆腐圆子必打豆腐，不仅仅因为那个年代生活的拮据：做豆腐圆子需用大量豆腐，买豆腐不划算，还有一个重要原因就是做豆腐圆子的豆腐是有别于平常所吃的豆腐的。平常市面上卖的豆腐追求的是嫩，而做豆腐圆子的豆腐恰恰不能太嫩，太嫩则难以成型。基于上述两方面的原因，家庭自制豆腐做豆腐圆子就成了家乡过年时的一个重要习俗。好在那个年代，即便我们生活在县城，平均三五户人家中还会有一户拥有石磨，而那个年代的人们，几乎家家户户都会打豆腐。

打豆腐的日子一般选在腊月廿七八，有磨的人家依惯例于头天晚上串门时就与邻里相约好了，都提前一天泡好了黄豆。第二天，一般由有磨的主家开磨，其他的两三家候着，一色的夫妻档，一人推磨一人着磨（即往磨孔添加磨料），也有小孩子来帮忙的，通常越帮越忙，就被打发到各家疯玩。磨好的豆浆也有就着在主家打的，因为设备更完备些，更多的是回自家捣鼓去了，通常会忙上一整天。

打完豆腐后的活计就轻松了，糯米是提前泡好的（通常要泡七八个小时），捞起沥干；猪肉是早就备下的，要选肋间的五花肉切成丁，也有掺杂油渣的（猪油炼后的残渣）；姜葱是必不可少的，需切成碎末。最为关键最出味儿的备料是虾米，用热水发好切成丁，只是不是一般人家都舍得用的。豆腐与糯米的比例一般按 7 : 3 掌握，这样蒸出来的圆子才松软而不散（靠糯米的黏性粘连）。肉丁一般也要占到二成以上，这样荤素之间的浸润融和才油腻出味道（那个年代缺的就是油水）。虾米则视家境而为了，家境好的可以多放，差的可以少放或不放，多加味精罢了。料备齐了，豆腐块抓碎大盆盛好，加配料揉合，抟成团，上蒸笼蒸上个把小时即可出笼。趁热吃，油光滑嫩，松软香浓，放了虾米的，更是糯中带韧，鲜香漫溢，余味悠长。

那个年代，远没如今食品之丰富，只要条件允许，拉开架势做一次豆腐圆子，是尽可能多做的，并且复火（指再次上笼蒸）一次，油和鲜香味就浸溢得更透，吃起来更有味道。一时吃不完，节后（一般指初三之后）可切成片晒干，穿成串挂在屋檐下，可以吃好久。青黄不接的日子，那晒干的豆腐圆子片就是打牙祭的大菜，用温水泡发时许，随饭甑一蒸，嚼起来韧劲十足，比新鲜的又别是一番风味。

二十世纪八十年代末期往后，随着物质生活的日益丰裕，家乡的年夜饭渐渐由解放初的四个菜，增至八个菜、十个菜、十二个菜乃至十六、十八个菜不等，豆腐圆子则被各种鱼圆、肉圆等高档新菜品替代，渐渐淡出了饭桌。

近年来，好的吃多了的人们，开始回归，开始挖掘那些淡出视野的老菜，家乡的不少饭店也推出了豆腐圆子，但再怎么吃，已然没有过去的那种味道了，应该不仅仅是工艺和配料的问题吧。

也许，很多过往的人和事，都只宜留存于记忆里。

家乡的莲藕汤

家乡的莲藕汤得以名声大噪得益于《舌尖上的中国》的推介，这是节目第一期的首发阵容，影响力之大犹如点石成金，一时间食客云集、藕价飞涨，不是炒作胜于炒作。

也难怪，全国两千多个县市，特色吃食应该多如牛毛，能上《舌尖上的中国》该有多难，闭着眼睛也能想到，而家乡的野藕汤居然上了第一档，这自然有它的独到之处。

家乡嘉鱼县地处长江中游地段，境内湖泊众多，河汊纵横，自然分布着丰富的水生动植物资源。莲藕即是其中最为普遍、最受欢迎的一种水生植物，不仅分布广、产量高，子实根茎均可食用，且莲藕淀粉含量高，富含钙、铁、磷、维生素 C 等营养物质，丰年用于改善生活，荒年则成了天然粮仓，养活过不少灾民。

用莲藕煨汤是家乡的一大创举。这是因为莲藕本身并不味美，无论蒸、炒还是生吃，味道都好不到哪里去，尤其是解放前的莲藕，都是自生自灭于湖汊之间的野生品种，统称野藕，其特点是根深、茎细、纤维粗，味偏涩，用于饱腹尚可，谈不上什么口福享受。解放后，随着农业科技的发展，莲藕的品质得以改良，口感也有大的改善，但其基本的秉性未变，依然算不上什么美味，而用莲藕作为主材煨汤的做法，却一下子提高了莲藕的食用价值。加入肉骨头作配料的煨制法，既抑制了莲藕本身的涩滞，又充分发挥了猪的下脚料提鲜止涩的作用，可谓扬长避短，变废成宝，不经意间成就了一道经典特色美食，成为家乡家家户户的最爱。

莲藕汤到底起源于什么年代，成熟于什么年代已不可考，听父亲说，他记事时就有。

在家乡，喝莲藕汤曾经是一项重要习俗，那是除夕夜宵夜才会上桌的一道美食。旧时过年颇为讲究，尽管物质十分匮乏，但年夜饭的饭桌上，汤是不能上桌的。缺吃少穿的年代，好不容易盼到的一顿年夜饭，寄托了人们太多的心愿，再穷，也要图个吉利图个饱，朴实的百姓总是相信或是祈愿：大年这天吃什么意味着来年也会吃什么。这是传承了数千年的唯心的慰抚，谁也不敢越雷池半步。美味的莲藕汤，也只能让位于主场而登场于除夕夜守岁这个特别的场景。

当然，除夕夜守岁也是一年中最为重要的时刻，受重视程度丝毫不亚于年夜饭。除夕之夜的夜宵即是守岁之高潮，自然更为重要，于家乡人而言，它似乎既是习俗也是一种仪式，迄今传承不衰，并且，过去的除夕夜夜宵就只是喝莲藕汤，不像现在还会配上数碟卤菜乃至火锅。

准备除夕夜的莲藕汤是十分讲究的，无论是选材还是器具及制作过程都特定化了，并且城乡之间因生活习性、生活器具的差别也呈现不同的特点。

莲藕汤的主食材自然是莲藕与肉骨头了，一般在小年后就要着手准备了，肉骨头最迟在大年前两天必须准备妥当，否则，会担心断货或买不到称心的。莲藕其实并不局限于电视展播中宣传的野藕，野藕、家藕（指改良后人工种植的藕）煨汤各有特点，并且家藕因品种的不同煨出的汤，味道风格也会迥然不同。比如用炒藕煨汤是煨不烂的，但汤是清汤，味道也是清甜的，合乎小孩子的口味；用粉藕煨汤，汤是浓浓的，藕可以煨得很烂，老人家多半更喜欢；野藕煨出的汤则属于介乎它们中间的风格。因此，如何挑选藕的品种完全取决于家庭喜好。早年间多用野藕煨汤主要是条件所限，因为野藕没有种植成本，花钱少；现在野藕汤受到追捧则是野藕渐少、物以稀为贵的缘故，当然也有忌讳人工种植施用化肥农药过量的因素。但家藕、野藕并非影响莲藕汤味道的决定因素，真正关键的是配什么料、用什么器具煨。

煨莲藕汤最好的配料是"龙骨"，即猪的脊骨。这是家乡在选料上与其他地方最大的不同。其他地方杀猪（即便是周边县市）都是从猪的脊骨正中劈开的，脊骨也是连着排骨一起卖的，自然没有龙骨一说。只有家乡，杀猪是将整根脊骨连着猪尾巴一起单独剔下来的，这也正是家乡的莲藕汤与别的地方不同的最主要特征与原因，且无法替代。大年的前几天，无论穷富，家家户户会备上一根龙骨，条件好的则会备上两根，这时的龙骨价钱会是肉价的两倍，但家乡人都不会含糊。

用龙骨煨莲藕之所以味道独特，大概也是由龙骨与莲藕自身的特性决定的。莲藕多淀粉、多单磷酸，特别"拖"油，若用纯猪肉或其他部位的骨头替代，携带的油少了，压制不住莲藕的涩滞，汤就会涩而寡味，油太多又会腻人。龙骨可谓集猪一身之精华，其自身没有明脂，但附带的肉中所含的油脂颇为丰厚，远高于猪肉的其他部位，尤其是龙骨骨髓中所含脂肪及其骨髓中所蕴含的特别物质的味道，在炭火的恒温下、在缓慢的熬制过程中渗出，与莲藕实现着充分的混合交融，涩滞被有效中和，油脂与淀粉达成一个极致的平衡，正好契合人们的味觉快感。多年来，我也尝试过用排骨、筒子骨、猪脚替代龙骨煨莲藕，以同样的方法炮制，味道就是无法与龙骨煨的汤相比。

汤要煨得好，器具的作用同样不可小觑。城里人煨制莲藕汤，过去多用砂锅（现在多用电饭煲），是那种"打破砂锅纹到底"的砂锅，类同于陶制品，但因原材料不同，结实度不高，不耐磕碰，好处是导热慢，受热均匀，不粘锅。与砂锅配套的还有小碳炉，是那种"红泥小火炉"的碳炉，小碳炉是厨房的辅助用具，一般用于烤火或煨汤，为的是既能保障莲藕汤的长时间煨制，又不影响厨房主炉烹饪其他菜品。

农村人煨制莲藕汤就显得粗犷得多，多将铁锅加工成吊锅，吊于火塘燃烧的树兜之上，细煨慢炖，由于莲藕富含单磷酸，与铁锅接触就会变黑，煨出的汤就显出浓浓的浅墨汁状，但味道却不受丝毫影响。

煨莲藕汤要突出一个"慢"字，细熬慢焐才出味道。大年夜的莲藕汤一般要煨制十个小时以上，一般在大年那天下午一时左右就开始煨制。龙骨则要在汤开锅后才放，加上生姜与莲藕一同搅拌均匀，小碳炉子中途换一次碳封好炉火（控制燃烧）后基本就可以不管它了。农村的树兜火总是不温不火，基本上也不太管，夜宵时间到了汤自然就煨好了，加入盐、胡椒、味精、葱花即可上桌。

进入二十世纪七八十年代，随着物质生活的日益改善，禁忌已被打破，莲藕汤不再只是除夕夜的专利，平常的百姓餐桌上也能经常见到莲藕汤了，尤其是餐饮业，更是不失时机地将莲藕汤推向了市场，并且大受青睐。

家乡的莲藕汤自从现身央视之后，对于家乡的莲藕、牲猪种养植业及餐饮业无疑产生了积极的推动作用。只是任何事件都有两面性，普通老百姓似乎并没因此受益，而肉价、藕价的飞涨已让他们叫苦不迭。看来，一切以自然资源为消耗对象的产业都是需要控制规模的，盲目的扩张、求大的发展模式都不可能是科学的、可持续的，一旦特定资源接续不上的时候，就必然导致质量的下降甚至以次充好、以劣充优，最终导致品牌的倒台。以供定需，实现定量生产、定量供应，打造持续、经久的百年品牌应是现代商家重新审度的营销定位与追求。

"三湖连江"，我魂牵梦绕的地方

暑热的傍晚，与朋友一起散步，手机嘀嘀有微信提醒，我驻足翻看并逐一收藏。朋友见我认真的样子，也凑过来打量，并脱口而出："维多利亚港？"我未置可否地侧向他，挑着眼睛晃了晃头，故作高深地接着翻出几日前收藏的照片，同样的水面，不同的时辰，不同的角度，展现的完全不同的景致，不是知情人肯定看不出是同一个地方。朋友从我的神态中狐疑地揣测："同一个地方？"我自然是神气地点点头。"那，这有湖心岛，但肯定不是婺源。有塔，但也不是西湖啊，西湖的雷锋塔是建在高处的。"我得意地说，没见过吧，猜不着的，这是我的老家"三湖连江"。

的确，以高楼为剪影的傍晚时分的"三湖连江"，晚霞辉映，尽显恢宏大气，很有维多利亚港湾的味道。另外几张不同时辰、不同方位拍出的照片，从不同角度展示了"三湖连江"的一角，类婺源之秀丽，似西湖之灵动，给人似曾相识之感。我拍了拍朋友的肩膀说："你还是很有见地的，'三湖连江'的确很像这些地方。"

　　朋友一头雾水，"你老家不是嘉鱼吗，怎么冒出个'三湖连江'来了，这'三湖连江'也不像是个地名呀？"我搂着朋友的肩膀解释道："三湖连江"就在嘉鱼县城，"三湖连江"在语法上、在外地人眼里确实难成其为地名，但在家乡人眼里、心里，它就是地名，实实在在的地名，大家都这么叫。

　　"三湖连江"因梅瀣湖、白湖、小湖三个湖泊水脉相连又与长江贯通而得名，叫得多了，三个湖泊的原名倒少人知晓。三湖散落于县城正南、东南、东北方位，像三枚珊瑚型翡翠镶嵌在嘉鱼县城关，枝蔓招摇，润泽四方，是家乡地地道道的母亲湖。

　　有人说，水是城市的眼睛，而在我的眼里，"三湖连江"简直就是少女的秋波，深邃而多情，几十年来，我总是魂牵梦绕沉迷其间，无论走到哪儿，都会不自觉地将当地风貌与"三湖连江"作对比。记西湖之美，我感叹，若掬"三湖连江"之水以换之，西湖又该会增色多少啊；写阳澄湖蟹之肥美，我嘲弄那些做作胡诌的宣传，将阳澄湖蟹的生态环境与"三湖连江"一一对比，不攻自破啊。朋友们总笑我家乡情结太浓，无奈"情太真所以难舍难分"啊。

童年的我是在"三湖连江"边"泡"大的。那时的"三湖连江"基本上是原生态的，水是清洌得可以直接饮用的，水生动植物是自生自长成群成簇的，周边的植被是繁盛丰茂的，没有高楼做伴，也没有什么沿湖大道、环湖公路。除了梅瀣湖西边的主干堤是人工所为，水面与坡地都呈自然状态分布，水体延伸部分或似珊瑚的枝蔓或似海星的腕足，以致城区内也是湖汊纵横，曲水流觞，堪称江南水乡之典范。沿湖大道原址则是那个年代围湖造田的产物，当时只是依托东、西两边的自然坡地，筑起的一道一米多高（指高出水面部分）、两米来宽、百多米长的土堤，像切断一只巨大海星的腕足一样，将梅瀣湖延伸至城区腹地的部分切割下一段，用于生产队养鱼、种藕。我家就住在藕塘边的高坡之上，也就是"三湖连江"原触角的最末端，是离"三湖连江"最近的一户人家。

儿时最快乐的事情莫过于玩水摸虾吃鱼，最快乐的季节莫过于夏秋两季。

夏天的正午，趁父母都睡了，几个邻里小伙伴一声暗哨，早把叮嘱抛到一边，一溜烟跑到那"珊瑚的枝蔓"边，一个个脱得精光，迫不及待跳入浅水中扑腾，胆大的会游泳的就会显摆地游得很远。"三湖连江"附近的小孩几乎没有不会水的，都是这样相互影响，以大帮小教的。但终有不幸的事发生，一个长我几岁的少年就溺亡在我家门前的藕塘里，恰恰是个很会水的。只是少儿健忘，警醒并未能管住多长时间。

夏天的下午云起云涌，变天就像孩子的脸，淋雨不是事儿，扯根荷叶就可以当伞，虽然并不管用，但大家都乐得这样干。而少儿喜欢的彩虹，雨过天晴就会现身，通常绷在"三湖连江"梅瀚湖南岸的牛头山山顶之上，像是专门给牛头山扎上的彩带，偶尔还会同时出现两道彩虹，不像如今拍了蓝天白云都那么稀罕，欣喜骄傲地推送（微信）、用心虔诚地收藏。

夏天的傍晚也是少儿的黄金时间，我最爱跟着父母一道去"三湖连江"的土堤边浣洗衣物、饭具，大人忙大人的，我们自有我们的乐事。土堤临湖的一面铺满了石块，是为加固堤防用的，于我们少儿却增加了不少乐趣，石块的缝隙间、石块的下面总有让人意想不到却也是期待之中的虾、蟹出现。那时的虾真的好多，饭具一淘洗，大量的虾涌过来疯抢饭粒，但于我们却是可望不可即，堵在石缝中的虾则唾手可得，也有被逼急了弹跳得老高最终逃脱的。石块下翻出的蟹都不大，扣子可以盖得住，很顽强地挣扎、逃窜，挥舞着螯足夹你，起先很怕被夹着，后来终究不小心被夹了，却发现并不怎么痛，毕竟个儿小，没多大力量，挑逗它夹手倒成了一件好玩的事。

秋天的"三湖连江"湛蓝湛蓝，云在水中，水在天上，那时是不懂得感叹这水天一色的空灵的，感兴趣的仍然只是吃和玩。秋天里，好玩的仍是捉鱼。那时不像现在，总人为地调控"三湖连江"水位不变，一进入秋季，水位就退出了许多，"三湖连江"周边就会出现许多的小水洼，大多尺余深，丈许见方，水洼中就会滞留住不少的愣子鱼，半尺来长，通常会有几十条。说它愣，却不好抓，看着游到了脚边，伸手下去却总是逮不着。捞鱼的工具是没有的，但总得想办法呀，琢磨中，从刚学到的浑水摸鱼成语中得到启示，试着先把洼边沿的水搅浑，愣子鱼闯入浑水区，旋出一道黄色的水迹，其自身大约也失去了分辨，伸手兜头一拦截，抓个正着，一时间欢天喜地、成就感爆棚。

儿时的记忆总离不开吃，而吃鱼于我是最大的快乐。在那个物质匮乏的年代，肉是凭票供应的，鱼多，却没多少人惦记，这个我始终没能弄明白，可能我是个例外。秋季里，新繁殖的鱼虾多得泛滥，傍晚时分，"三湖连江"的浅水区总是鳞片闪忽，尤如浓缩的星空，那是扎堆的小鱼苗在涌动，随便一捞都是半桶。记得有一年的秋天，可能苦于实在没什么菜下饭了，同时也是眷顾我对鱼虾的特别嗜爱，爸妈带上两个水桶和虾搭（一种简陋的捕小鱼虾的网具）去"三湖连江"走了一趟，不到半个时辰就提回了两桶小鱼虾，简单地在小鱼腹部一挤，去掉内脏，用盐、姜稍事腌制，芝麻油一炸，那种酥香浸甜的味道足以盖过人世间所有美味，至今想起还会垂涎。

春冬两季没有留下多少记忆，大约是不适宜与水亲近的缘故，因此少了许多乐趣。春季最有印象的事情当是小荷初上尖尖角时，我们用自制的铁锚系上线抛去钩藕，但没有成功过。冬季最有印象的事当是看雪、观水鸟。不用出门，倚着门框静静地看漫天飞絮融入"三湖连江"，不漫不溢。无雪的日子，坐在门墩上看水鸟，看着水鸟一会儿潜下去，一会儿又从很远的地方冒出来，有时像受到惊吓似的在水面扑棱棱地飞，很有抓它的冲动。

少年的我，是在"三湖连江"边"绕"大的。彼时的"三湖连江"周边已开始发生大的变化，城市的发展、人口的扩张已逐渐填平类似于我家门前的藕塘、鱼塘、水塘，公路多了起来，房子密了起来，最憋屈的是我家再也不是离"三湖连江"最近的住户了，再也不可能一览无余地将"三湖连江"尽收眼底了。但我就读的小学、中学都在梅㵲湖西边主堤附近，从家中出发，不过一里多地，与我平常去湖边玩走的田塍一个方向，只不过通往学校的大路是弧形的，两条道好似一张弓的弦与弓背，直通湖边的小路是弦，弓背则是大路，通常我会抄小路，直行到土堤处再往外插上公路，这样既不耽搁玩也不误上学。西边的主堤作了大的整修，铺上了柏油，成了可通行车辆的大道，临湖的一面齐整地铺上了大青石，缝隙间野草疯长，显得生机盎然，秋季的时候花开似锦，远望去像是一张铺开的巨大的提花地毯。那年头，各类文体活动多了，学校搞拉练比赛，主堤是赛场；游泳比赛，傍着堤坝的梅瀚湖是赛场；县里纪念屈原举办龙舟赛，"三湖连江"是无可挑剔的天然赛场；一时心血来潮的晨练，主堤坝是无与伦比的训练场。那个年龄段，眼中什么都是美的，更何况，环湖烟柳画桥、风帘翠幕，懵懂少年的心思就多了起来，每逢周日，两三同学相邀，寻寻觅觅绕湖晃悠就成了一种选择、一种排遣、一种寄托。

青年的我忙于工作少了闲暇，但只要得空闲，骑行"三湖连江"仍是首选，尽管这时的"三湖连江"周边已经发生更大的改变。沿湖大道已成干道，环湖公路业已成型，西边主堤临水的坡面被砌成恼人的水泥体，但小湖岸边、牛头山下、白湖桥畔，终归留下了我最多的青春影像。

离乡二十余年，"三湖连江"更是发生了翻天覆地的大变化，沿湖大道北面高楼林立，一派现代都市范儿；"二乔公园""雄风台"等三国文化得以挖掘、彰显，不仅成就了梅瀚湖东北角一独特临水景观，同时也为城市内涵注入了新的张力；"三湖温泉""金色年华"等低碳养生项目，分别驻扎在"三湖连江"两个矶头，以三面临湖之自然优势，打造着"面朝大海，春暖花开"似的人间仙境；梅瀁湖西岸主堤临水坡面上铺设了临水栈道，为游人漫步观景营造出一种时光倒流的仿古情韵；环湖东南两面周边环境得以完好保护，植被提挡升级中不着痕迹，难怪朋友会对照片作出误判，"三湖连江"湖畔这随便哪一角，都是婺源和西湖的影子呀。

好的事物总能吸引人，这不，听同学说又有不少的开发商在瞄向嘉鱼，他们显然也是看中了"三湖连江"这块宝地。

但愿新的开发能够多融入一些人与自然和谐共生的理念，多一些优化生态的举措，但愿家乡的青山绿水在开发中不失本色，越来越美！

后 记

　　从未想过要出书，甚至也没想过要写什么散文，这么多年已被论文、公文套得牢牢的，思维都已发生质的改变——所从事工作的性质典型地要求逻辑性思维。但文学的情怀没变，文人的潜质没变（如果说自己还算得上一个文人的话），文学的基础仍在，这可能为后来偶尔的触碰提供了有效支撑。

　　第一次动笔的动因纯粹只是为儿子做样子，一直信奉"行万里路，读万卷书"是增长知识的秘籍，所以一直重视带儿子外出旅游，但后来发现旅游并不能产生预期的效果，不光是儿子，很多游人游过了就过了，问起地域文化、风土人情的什么也不知道。有感于说教的苍白，所以就有了我的第一篇游记《苏浙旅趣》，以期引导儿子观察与思考；呼伦贝尔之旅确实很有震憾力，这就有了我的第二篇游记《草原印象》，QQ群里发了，同事反馈过来信息，说是她的高学历的外甥们看过后，不相信是她大姨同事的水平，疑是在报纸上抄的。同事如此传话自然是一种变相的褒奖与拥趸，对我却是一种刺激、一种提醒，于是才想到投稿。报刊亭一转悠，发现有《散文选刊》应该对路，将邮箱记了，回头就发送了，没想到的是当天就收到两个字的回复——"留用"，更没想到的是，在当年的"散文年会"（由《散文选刊》和《海外文摘》联合举办）上获得二等奖，这算是我的处女作，也给了我极大的鼓励。这里要特别感谢《散文选刊》的副主编黄艳秋女士，是她将我让进了文学之门。接下来，遇到有所触动的人和事，用散文来表达似乎就顺理成章了，报纸、刊物上发表也成常态了，热心的朋友甚至将部分作品做成配乐朗诵，发到了"喜马拉雅"等平台。

随感而发、率性而不事考究是我写作的特点，游记尤其如此。后来稍写多了，就比较注重气象与格局、注重观察的细腻与感悟的深刻、注重自然规律与人生哲理的探寻，技法上也有所铺张了，但总的风格未变。

结集出版其实并不具备条件，因为内容很杂，游记、随笔，花、鸟、人物，亲情、友情、故乡情都有涉猎，但又极不均衡，无法归类。但朋友撺掇，好意难拂，故勉强为之，姑且当作对自己业余写作的一点小结，于我本人也是一件有意义的事情。

并不期待什么效应，不过是个人性情或感悟的自然流露，很大程度上的自娱自乐，若能与有缘之人际会并约略捎去一丝原野的况味，我便满足了。

原野，是我最初使用的笔名，其意亦在此。

作者 于辛丑年冬月